Coleção Vasto Mundo

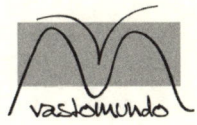

O Jabuti e a Sabedoria do Mundo

Fábulas Africanas

O Jabuti e a Sabedoria do Mundo

Fábulas Africanas

Texto e apresentação
VILMA MARIA

1ª edição
São Paulo/2012

**TEXTO DE ACORDO COM
A NOVA ORTOGRAFIA**

Editora Aquariana

Copyright © 2012 Editora Aquariana Ltda.

Revisão: Antonieta Canelas
Capa: Niky Venâncio
Editoração eletrônica: Samuel de Jesus Leal

Direção da Coleção Vasto Mundo: Antonio Daniel Abreu

CIP - Brasil - Catalogação na Fonte
Sindicato Nacional dos Editores de Livros, RJ

R638

Silva, Vilma Maria
    O jabuti e a sabedoria do mundo e outras fábulas africanas /
Texto e apresentação Vilma Maria. 1ed. São Paulo : Aquariana, 2012.
176p. (Coleção Vasto Mundo)

    ISBN: 978-85-7217-152-6

    1. Antologias (Fábula africana). I. Maria, Vilma. II. Título. III. Série.

12-5419.   CDD: 869.899691
                                        CDU: 821.143.1(67)-7(086)

18.06.12   23.06.12   010899

Direitos reservados:
EDITORA AQUARIANA LTDA.
Rua Lacedemônia, 87, S/L – Jd. Brasil
04634-020 - São Paulo - SP
Tel.: (11) 5031.1500 / Fax: 5031.3462
vendas@aquariana.com.br
www.aquariana.com.br

Sumário

Narrativas da sabedoria, 9
   por Vilma Maria

O Jabuti e a sabedoria do mundo, 15

Amigo Jabuti e amigo Pombo, 19

Por que as mulheres têm cabelos longos, 27

O chefe Jabuti, 31

O tesouro, 37

O Jabuti e o caranguejo, 47

O pente dourado, 51

Molara, 59

O mistério da árvore frutífera, 65

O morcego oportunista, 73

As duas jarras mágicas e o caçador-serpente, 75

A Caranguejo elegante, 79

O Jabuti e a mosca, 81

Tunde, 87

A árvore Iroko, 91

As formigas e a serpente, 97

O Jabuti salva o rei, 99

A promessa de Oluronbi, 103

O leão ludibriado, 111

A cabra que causou uma guerra, 119

O elefante e o rinoceronte, 123

O abismo de Ajaye, 127

Os dois mágicos, 137

Tempos difíceis, 145

O Jabuti perde sua carapaça, 149

Os macacos e o gorila, 153

Os lutadores, 159

Por que o Jabuti é calvo, 167

Sobre a autora, 174

Narrativas da sabedoria

Fragmentos de saber foram espalhados pelo mundo todo, é o que diz o conto-título desta coletânea "O Jabuti e a Sabedoria do Mundo".

Assim sendo, é necessário recolher os fragmentos de saber espalhados pelo mundo para reunir o nosso saber aos outros saberes que estão longe, noutras terras, separadas de nós pelo oceano ou por fronteiras territoriais.

As narrativas nos levam a essas outras terras e nos exibem a sabedoria de outros povos, de agora e de outros tempos. Os contos deste livro revelam um modo de pensar do povo africano. Pode nos parecer diferente do modo como pensamos, mas é justamente isso que nos abre a porta de tesouros. Constatamos que o mundo pode ser pensado de vários modos, que todas as formas de pensar são válidas e inteligentes e que a inteligência existe no homem de qualquer tempo e lugar.

***

As histórias que trouxemos para esta coletânea pertencem à cultura popular da Nigéria, país da costa oeste da África, banhado pelo golfo da Guiné. Entre as narrativas apresentadas, temos um personagem constante na tradição oral nigeriana. Trata-se do jabuti, a tartaruga terrestre.

Histórias que trazem animais como personagens entram em geral na categoria das fábulas. Mas a figura de um animal no conto serve apenas para retratar um modo de proceder próprio do ser humano. O jabuti aparece em 13 contos dos 28 que figuram neste livro. O fato de ser um animal de natureza lenta, tranquilo e especialmente inofensivo torna essa escolha significativa.

É muito útil lembrar que na tradição popular brasileira o jabuti também se destaca. O nosso mais famoso conto no gênero é aquele que narra a audácia do jabuti em desafiar o veado para uma corrida. Mas o conto não trata de propósitos nem finalidades esportivas. No veado há força e velocidade; no jabuti, lentidão e inteligência. Essas forças contrastantes é que indicam a linha do conto e é tudo que se torna essencial na narrativa. O jabuti vence apesar de sua condição desfavorável.

Também nestes contos africanos essas forças contrastantes se apresentam. A inteligência e a argúcia do jabuti são trunfos valiosos que lhe permitem vencer a força, conforme pode-se constatar no conto "O Leão Ludibriado".

Além disso, neste livro o jabuti reúne em uma só figura os mais variados tipos de comportamento, sentimentos e fraquezas, virtudes e qualidades excepcionais encontradas no ser humano.

É uma figura rica pela diversidade de traços que apresenta. O principal é a astúcia, um traço de inteligência; outro igualmente importante é a malandragem, um traço que revela o caráter e a condição moral do personagem.

Mas o que esses contos do jabuti nos revelam é que a malandragem, conjugada com a astúcia, é um recurso valioso e pode resultar em atos de inteligência, coragem e força que resolvem situações complicadas. É o que pode ser conferido em "Jabuti Salva o Rei" e "O Leão Ludibriado".

Usado para subtrair, prejudicar e obter vantagem pode ser danoso e trazer duras consequências. É esse o caso no conto "O Jabuti e a Mosca" e "Chefe Jabuti".

Depois de nos divertirmos com o jabuti, outra variedade de contos está à nossa espera. Entre eles estão as narrativas de lendas e figuras mágicas da cultura ioruba, um dos grupos étnicos que compõem a diversidade dos povos que habitam na Nigéria.

"Por que as Mulheres têm Cabelos Longos", "A Árvore Iroko" e "A Promessa de Oluronbi" são exemplos dessa linha de contos. Essas narrativas trazem como personagem uma árvore, representante de um dos orixás que compõem as divindades do povo ioruba.

Para os africanos, tudo na Natureza está carregado de uma força, axé, expressão ioruba também usada no Brasil. O axé é a energia vital que dá impulso a tudo. Os orixás representam essas forças, distribuem malefícios ou benefícios conforme a conduta moral da pessoa. Não são maus nem bons, são portadores das forças que a cada um cabe.

11

Iroko é um desses orixás e sua morada na África é a árvore de mesmo nome. Conta-se que é o orixá dos bosques da Nigéria. À noite vagueia com uma tocha na mão. Pode-se apreciar esse traço do orixá no conto "A Árvore Iroko".

Suas oferendas precisam ser depositadas de costas, porque enlouquece ou morre quem se atreve a olhar para ele de frente. Não depositá-las, uma vez prometidas, significa uma grave falta. As consequências sempre vêm com algum sofrimento para a pessoa. Essa circunstância pode ser notada nos contos "Por que as Mulheres têm Cabelos Longos" e "A Promessa de Oluronbi".

Iroko pertence também ao grupo dos orixás cultuados no Brasil, em especial na Bahia, trazidos pelos africanos que para cá vieram como escravos no período Colonial e no Império. Aqui essas entidades se tornaram presença viva, até hoje patrimônio cultural comum do Brasil e da África. Entre nós, a árvore representante de Iroko é a Gameleira Branca.

Os ancestrais são também divindades que, junto com os orixás, precisam ser celebradas para manter os laços da vida. É uma força relacionada ao entendimento de que o tempo presente e o tempo futuro não podem existir sem que o passado também continue como força atuante.

Os filhos estão relacionados aos ancestrais. A descendência propicia o renascimento dos antepassados e mantém o elo da vida. Quando a criança nasce, os pais consultam os mestres religiosos para saber qual indivíduo da geração passada veio encarnado no filho. O nome da criança será dado com um título que indica esse antepassado.

A impossibilidade de ter filhos é um acontecimento desastroso que ameaça a harmonia e o equilíbrio de toda a comunidade. Esse é um aspecto importante da cultura ioruba que pode ser notado no conto "A Promessa de Oluronbi".

Por tudo isso, esta coletânea traz um rico fragmento da sabedoria que está espalhada pelo mundo. É apreciar e se divertir com tantas histórias dos saberes que estão por aí, longe e perto, em toda parte.

Vilma Maria
Fevereiro de 2012

O Jabuti e a Sabedoria do Mundo

Num tempo quando o mundo ainda era novo, Jabuti se ocupava só em colecionar sabedoria. Essa tarefa custou-lhe muitos anos. Um dia, examinando a sua coletânea, descobriu que tinha obtido toda a sabedoria do mundo.

Jabuti ficou muito feliz com sua descoberta. Guardou todas as peças de sabedoria dentro de um enorme vaso e o escondeu em um canto da casa. Mas ficou com um medo terrível de que alguém pudesse encontrar o segredo e roubar o seu vaso.

Passou durante três noites sem dormir, pensando como achar um lugar seguro para ocultar o seu tesouro.

"*Não vai funcionar se eu o enterrar*", pensava. "*Alguém pode me ver cavar. Logo que eu for embora, o ladrão vai lá, desenterra e me rouba o vaso. Guardar no fundo do mar também não serve. Posso nunca mais encontrar o lugar e perderei todo meu trabalho.*"

– *Só se for no alto de uma árvore bem alta... Opa! Acho que é isso mesmo!* – finalmente exclamou com grande alegria. – *Ninguém pensará em levantar os olhos para meu tesouro. Estará perfeitamente salvo até eu desejar usá-lo.*

– *O que você disse, meu querido?* – perguntou Nyanribo, acordando de seu sono.

– *Vá dormir, mulher! Estava apenas calculando quantos cachos de banana podemos esperar do nosso bananal* – ele replicou depressa. Tinha ficado tão ansioso para manter seu segredo que manteve silêncio sobre o assunto mesmo com ela.

Solucionado o dilema, Jabuti finalmente dormiu seu bom sono. Na manhã seguinte, atou uma corda em torno do vaso e o pendurou em si. Bem perto achou a árvore de que precisava, esperou até que não houvesse ninguém nas imediações e começou a subir.

O caso é que Jabuti pendurou o vaso na frente de si. Logo percebeu que o peso impedia seus movimentos. Fosse só o peso, mas não, o próprio vaso obstruía a subida pelo tronco. Nem ele nem vaso iam, ficavam entalados. Impossível fazer progresso. Não demorou muito, ele desceu para descansar.

Jabuti era pertinaz. Tentou novamente, novamente fracassou, novamente viu que era impossível fazer progresso, novamente teve de descer. Já estava quase no chão, quando percebeu seu filho ali observando espantado a cena.

– *Vá embora!* – disse Jabuti rudemente. – *Não vê que estou ocupado?*

– *Mas, pai!* – clamou o filho – *nunca conseguirá chegar ao topo da árvore com um vaso pendurado na sua frente.*

Por que não o pendura atrás? Assim ele ficará fora do seu caminho?

Jabuti parou onde estava e pensou: *"Olha só! Tenho toda a sabedoria do mundo em meu vaso. Apesar disso, sou tão tolo que meu próprio filho pode me ensinar a subir em uma árvore. Dei à minha coletânea de sabedoria uma finalidade inútil!"*

A esse pensamento, ficou tão desgostoso que soltou o vaso. A peça quebrou em muitos pedaços. Toda a sabedoria que continha esparramou-se, voou para longe e para toda parte.

Por essa razão é que fragmentos de saber são encontrados em todo lugar sobre a terra.

Amigo Jabuti e Amigo Pombo

No tempo em que ainda estava de namoro com Nyanribo, Jabuti procurou seu grande amigo Pombo, e disse:
– *Pombo, estou apaixonado pela encantadora Nyanribo. Vou visitá-la amanhã. Ela mora muito longe e adoraria que você me acompanhasse.*
– *Com prazer!* – concordou Pombo.
Na manhã seguinte partiram logo cedo. A viagem era longa. Os dois amigos foram conversando. O mais animado era Jabuti. Falava sem parar sobre os encantos de sua adorável Nyanribo: sua beleza, sua elegância, sua inteligência e generosidade eram excepcionais, ta-ta-ti, ta-ta-ta, e sempre o tempo todo era falar da beleza da sua Nyanribo, sua sagacidade, sua fineza, sua delicadeza sem igual no mundo. Não havia criatura que pudesse competir com a perfeição de sua Nyanribu.
Tanto louvou, que Pombo começou a achar que ela devia ser a mais perfeita jabuti do mundo.

– *É claro que ela é a mais perfeita* – disse o apaixonado. – *Eu a amo fervorosamente. Você verá com que contentamento ela me receberá! É uma pena que ela more tão longe.*

– *É uma pena, eu que o diga!* – replicou o amigo Pombo, que já começava a sentir-se muito cansado desse negócio de caminhar. Ora, andar é negócio que não apraz a quem foi feito para voar.

Ora, o amigo Jabuti foi feito para andar, como todos sabem, e com que lentidão anda!

A distância que tinham percorrido já era demasiado longa. Para ambos: a um porque é suplício andar quando sua natureza mande que voe. A outro, porque um metro de caminhada parece mil para sua natureza lenta.

Pombo ia firme apesar das pernas mal estruturadas para caminhar mais que alguns passos. Gingava pra cá, gingava pra lá, mas lá ele ia sem dar ar de contrariedade ou mau humor; Jabuti, já nem tanto tagarela, ia com um olhar maroto sobre o amigo. Ele tinha asas. Instrumento ma-maravilha! Isso ainda vai servir!

Pararam. O aspecto do terreno que tinham diante de si não era nada animador para nenhum dos dois. Mas:

– *Ai, ai!* – queixou-se Jabuti. – *Dois dias no mínimo me custarão andar por esse terreno pedregoso e rude. Amigo Pombo, você não me levaria nas asas até que chegássemos a um lugar menos cruel?*

O pombo concordou gentilmente em levar o amigo, e o carregou sobre as costas pelos ares. Voaram uma boa distância, e finalmente viram um terreno mais brando lá embaixo.

– *Agora você pode andar* – disse Pombo, pousando no chão.

Não tinham avançado muito quando chegaram a um rio largo.

– *Ai, ai!* – lamuriou Jabuti. – *De que maneira no mundo poderei atravessar esse rio... a não ser que você me carregue.*

– *Estou muito cansado!* – murmurou Pombo.

Jabuti fingiu não ouvir e pulou para as costas do pombo.

O pombo voou sobre o grande rio e pousou do outro lado, em terra firme.

– *Pronto! Pode desmontar.*

– *Ai, ai, que dor!* – reclamou Jabuti. – *Estou com uma terrível cãibra. Foi você que me levou de mau jeito. Tive de ir todo retorcido. Não posso ir nem pra frente nem pra trás. Agora, você vai ter de me levar até o fim do nosso caminho.*

Pombo, com toda paciência, esqueceu-se de seu cansaço, e generosamente voou com o amigo nas costas até chegarem ao destino.

Pousaram.

Enfim, ali estava a casa da maravilhosa Nyanribo.

Jabuti saltou das costas do amigo e parecia muito bem disposto. Entrou animado, deixou Pombo na saleta e foi para a sala interior onde o esperava sua amada Nyanribo.

Ela o recebeu amorosamente com um esplêndido banquete. Tinha preparado tantas variedades de comida e bebida, que ali havia o suficiente para alimentar uma família numerosa.

– Onde está seu amigo Pombo? – perguntou Nyanribo.

– Ah, meu amigo tem temperamento arredio – disse Jabuti. – É tão tímido, que se encolherá todo nas asas se você se apresentar diante dele. Pombo deseja é ficar na saleta até a hora de partirmos. Não se preocupe com ele, vamos degustar essas delícias que você preparou, minha querida!

Começaram a comer, conversar e a trocar ideias amorosas entre si. O pobre pombo esperava faminto e sedento na saleta.

– Minha querida, vejo que é excelente cozinheira – dizia Jabuti. – Eu a amo fervorosamente. Quero me casar com você. Aceita casar-se comigo?

– Claro que sim – disse Nyanribo. – Acha que perderia meu tempo preparando esse banquete pra você se não o amasse? Eu... Mas...Estou preocupada com seu amigo Pombo. O que ele tem para comer?

– Não se preocupe, minha querida. Já lhe falei como meu amigo é estranho. E conto que ele não come nada quando está longe de casa. A única coisa que não recusa é um pote de água.

Nyanribo encheu imediatamente um pote com água fresca, e o seu namorado levou para o pombo.

– Meu pobre amigo, – disse, fingindo-se muito pesaroso – Nyanribo se enganou sobre o dia de nossa visita. Como ela só nos esperava amanhã, não preparou nada para nos oferecer. Passou todo esse tempo me pedindo desculpas pelo engano. Mas ela enviou esse pote de água para matar sua sede.

O namorado disse isso e rapidamente retornou para junto da namorada para terminar de comer o que ainda restava do banquete. Pombo esperou por todo o tempo que conseguiu. Por fim, perdeu a paciência e foi passar uma olhadela para ver o que acontecia. Viu que o casal conversava animadamente, regalava-se com pratos deliciosos e trocava afetos apaixonados. Ao redor viu muitos pratos vazios. Pombo entendeu a trapaça que o outro lhe fez e saiu para pensar sobre um bom plano de vingança.

Pouco depois Jabuti veio ao seu encontro dizendo que já era hora de partirem. O namorado Jabuti tinha comido tanto, que lhe era custoso caminhar. Viajaram lentamente até que alcançaram o rio largo.

– Você me levará, querido Pombo, não levará?

– Certamente, querido Jabuti, mas não quero que tenha cãibras de novo. Dessa vez, não o carregarei em minhas costas. Você vai atravessar o rio pendurado pelas pernas em meu bico. Será mais confortável!

Quando chegaram ao meio do rio, Pombo soltou as pernas do amigo. Jabuti caiu na água, enquanto Pombo ia embora pelos ares. Já tinha voado um bom tempo quando olhou para baixo e viu um cavalo morto. Imaginou imediatamente uma trapaça para enganar Jabuti...caso ele conseguisse escapar do rio.

Procurou um homem que morava nas redondezas e pediu-lhe para cortar a cabeça do cavalo. Feito isso, ele a arrumou de maneira que a cabeça parecia estar emergindo do solo. Tudo em ordem, ele voou para uma árvore e ali ficou para ver o que ia acontecer.

Jabuti não se afogou como era de esperar, e a essa altura já estava a caminho. A sorte foi que ele caiu sobre um hipopótamo que estava exatamente nadando para a margem. Ali chegando, Jabuti saltou do lombo do hipopótamo e tratou de dar o fora, tão rápido quanto possível a um jabuti.

Foi caminhando no seu passo lento e deu com a cabeça do cavalo brotando do solo. Ele ficou tão perplexo, que parou para admirar aquela maravilha. Em vez de seguir seu rumo, foi se apresentar ao rei com a intenção de relatar-lhe a espantosa descoberta.

– *Majestade, descobri um lugar onde cabeças de cavalos nascem do chão como plantas.*

O rei ficou encantado com a maravilha. Se aquele caso fosse verdadeiro, ele daria a Jabuti um cesto cheio de ouro que o faria rico para sempre.

Jabuti, muito feliz, se ofereceu para acompanhar o rei e sua corte e lhes mostrar o fenômeno. Toda a comitiva partiu, acompanhada de tocadores de tambor, guerreiros e uma grande multidão que desejava conhecer o extraordinário caso.

Lá chegaram e onde estava a cabeça de cavalo que nascia do chão?

O rei ficou furioso com o embuste. Ordenou que Jabuti fosse queimado como castigo por tê-lo enganado.

Pobre Jabuti! Inutilmente, pediu perdão. Os guerreiros fizeram uma grande fogueira ali mesmo e o jogaram nas chamas.

Nesse momento uma nuvem de pássaros escureceu o céu. Pombo tinha visto tudo do seu galho na árvore. Ficou miseravelmente triste quando percebeu que Jabuti seria morto, e imediatamente convocou toda a tribo dos pombos e pombas para resgatar seu amigo ingrato. Bateram asas todos ao mesmo tempo sobre a fogueira e a apagou. Foi assim que Jabuti se salvou.

Pombo se apresentou ao rei, contou tudo e acrescentou:

– *Majestade, eu preparei uma cena. No momento certo, tratei de fazer desaparecer a cabeça de cavalo, tudo para castigar o infiel Jabuti que tinha abusado da minha bondade.*

Com isso, o rei perdoou o infeliz Jabuti e permitiu que os dois amigos continuassem a viagem.

Jabuti ficou tão envergonhado, que sentiu vontade de esconder a cara dentro da carapaça e nunca mais a tirar de lá.

Tentou reparar dizendo:

– *Vamos voltar imediatamente para a casa de Nyanribo, pedirei a ela para fazer um banquete ainda mais primoroso só para você.*

– *Eu voltarei de bom grado com você,* – replicou Pombo – *mas não me daria nenhum prazer comer sozinho. Amigos verdadeiros encontram maior alegria em partilhar sua fartura.*

– *Você está certo* – disse Jabuti –, *tenho certeza de que, quando você for namorar, não tratará seus amigos com tanta desconsideração com eu o tratei.*

Por que as mulheres têm cabelos longos

O cabelo das mulheres já foi curto, tal como o dos homens.

Numa aldeia próxima da floresta vivia uma pobre viúva de nome Bisi. Um dia ela ficou sem lenha para acender o fogo, e foi nesse dia que tudo aconteceu.

Bisi costumava ir todo final de tarde junto com as outras mulheres da aldeia pegar água em uma fonte na floresta. Carregavam vasos na cabeça e iam em fila cantando pelo caminho. Quando retornava para casa, Bisi acendia o fogo na frente da cabana, colocava a panela e fazia o jantar para ela e seu filho.

Uma tarde, quando já ia acender o fogo, descobriu que não tinha nem mesmo um graveto. Ela foi à cabana vizinha e pediu um pouco de lenha. Sua vizinha não tinha nenhuma de sobra. Percorreu todas as cabanas e não encontrou ninguém que tivesse lenha para ela.

Seu filho não estava.

A essa hora ela já devia estar com o fogo aceso e o jantar a caminho.

– Vou ter de ir eu mesma à floresta cortar um pouco de lenha – decidiu Bisi. Pegou um machado e saiu apressada.

A primeira árvore que ela encontrou em seu caminho foi Iroko,[1] uma árvore sagrada que não podia ser cortada.

– Aquele que ferir Iroko cairá em desgraça – diziam os sábios da aldeia.

"Não me importo", pensou Bisi. "Cortarei esses galhos baixos. Ninguém saberá que toquei a árvore mágica."

Fez tudo apressadamente e logo retornou à aldeia levando um grande feixe de gravetos. Acendeu um fogo crepitante e preparou um cozido saboroso.

Na tarde seguinte as mulheres seguiam o caminho da floresta rumo à fonte, como de costume. Bisi estava junto, como de costume.

Logo que passaram pela árvore Iroko, a terra se abriu sob os pés de Bisi.

– Me ajudem! Me salvem! – gritou Bisi.

As outras mulheres, todas, largaram seus vasos e correram. Agarraram Bisi pelos cabelos antes que ela sumisse no abismo.

Puxavam e puxavam, mas Bisi continuava caindo. O que aconteceu é que seu cabelo se esticava, se esticava,

---

1. Iroko é um orixá cultuado pelo povo ioruba. A divindade mora na árvore iroko (*Milicia excelsa*). No Brasil também ocorrem cultos ao orixá, principalmente pelo denominado candomblé de Ketu, antigo reino da África que ocupava o atual Benin e a Nigéria. Veja pormenores sobre o tema na Apresentação, p. 9.

tornava-se mais e mais longo. Por fim, as mulheres deram um puxão mais forte e conseguiram trazê-la de volta. Já Bisi não era a mesma. Seu cabelo tinha esticado quase um metro.

As mulheres pegaram seus vasos e voltaram para a aldeia tão rápido quanto puderam. Bisi corria mais que todas.

Quando a indagaram, ela foi obrigada a confessar que tinha cortado alguns galhos da árvore sagrada para acender o fogo.

– Você cometeu uma má ação, Bisi! – disse o chefe da aldeia, – Mas Iroko já puniu você fazendo seus cabelos tão ridiculamente longos.

Todos riram, e por um longo tempo ela se sentiu envergonhada de seu cabelo longo. Um dia, olhando-se em um lago, achou que seus cabelos eram bonitos. Ela o enfeitou com flores e ficou muito envaidecida. Por fim, esqueceu que isso era uma punição.

As outras mulheres ficaram enciumadas e desejaram ter também cabelos longos. Cavaram um poço, e cada uma por sua vez atirava-se nele enquanto as outras agarravam os caracóis de seus cabelos até que se esticassem e os fios ficassem compridos.

Ao anoitecer retornaram alegres para a aldeia com os cabelos longos enfeitados de flores e ornamentos de ouro.

Desde então todas as mulheres passaram a ter cabelos longos.

O chefe jabuti

Jabuti era ambicioso. Desejava elevar-se da condição de criatura insignificante e ser reconhecido como uma pessoa de valor. Uma honra apenas ele almejava: ser chefe.

Certa noite ele acordou Nyanribo, sua esposa, justo na hora em que ela estava dormindo profundamente.

– Que é, Jabuti? – ela queixou-se. – *Estou terrivelmente sonolenta para ouvir o relato de suas maravilhosas façanhas. Tenho outra vez de pedir a você para me contar suas aventuras em uma hora mais adequada.*

– Minha querida, porque me censura tão apressadamente? – replicou Jabuti lamentoso. – *Não vou contar para você minhas proezas de perigos e desditas. Quero apenas dizer que vou definhar e morrer se não me tornar chefe. O desejo me consome o tempo todo, de tal modo que não posso comer nem dormir. Sou uma sombra de tão desgastado que estou.*

– Você é uma sombra muito rechonchuda, querido! – rebateu Nyanribo, com mau humor. – *De que maneira você poderá usar vestes de chefe em suas costas escorregadias? Você se fará motivo de riso entre nós com sua tola ambição.*

– Mesmo assim, tenho de me tornar chefe de qualquer jeito – insistiu Jabuti. Não descansarei até achar um meio de obter o que desejo.

– *Oh, como você é cansativo! Peça ao rei que te faça chefe e verá!* – respondeu a esposa, e caiu no sono de novo.

Jabuti pensou nas palavras dela e teve uma ideia. Apaziguado, caiu no sono também.

No dia seguinte ele correu ao palácio do rei.

– *Majestade,* – ele disse, e acenava estrepitosamente com a cabeça para cima e para baixo – *vim a fim de suplicar-lhe uma fineza.*

– Qual é o seu pedido, ó Jabuti? – perguntou o rei.

– *Majestade, desejo tornar-me chefe.*

A essas palavras, o rei e sua corte explodiram de rir.

– *Tenho ouvido que Jabuti é ambicioso,* – disse o rei – *mas nunca pensei que ele pudesse ter a pretensão de ser chefe.*

– *Majestade, temos na próxima semana um grande acontecimento: é o vosso aniversário. Se eu fosse chefe, poderia tomar a liberdade de presentear Vossa Majestade com o que de mais raro vossa pessoa alguma vez pudesse ter recebido.*

O rei ficou mordido de curiosidade quando Jabuti fez essa sugestão ousada. Não pôde deixar de perguntar qual era a natureza do presente.

Ah, Majestade! – replicou Jabuti – *nunca terei o prazer de dar-lhe um presente, então não devo provocar vossa curiosidade. Posso apenas dizer que é algo absolutamente único.*

O rei não podia suportar a ideia de perder um presente tão extraordinário. A cerimônia teve lugar imediatamente e Jabuti fez-se chefe. Muito feliz, voltou para casa.

Contratou dez trabalhadores fortes. Mandou-os todos os dias sair e retornar à noite carregando uma pesada carga. Isso durou sete dias, até que a manhã do dia de aniversário do rei chegou.

O rei estava sentado sob um grande guarda-sol. Os escravos o abanavam com leques, enquanto os chefes curvavam-se para ele e entregava-lhe presentes de grande valor. Um trouxe ornamentos de ouro; outro uma presa de elefante gravada com louvores ao rei; outro trouxe um manto todo confeccionado com juba de leão e a orla feita com a pele das serpentes mais raras.

Somente o chefe Jabuti estava ausente.

Os guerreiros em seguida desfilaram perante o rei, e os hábeis acrobatas realizaram saltos formidáveis para a admiração de todos os assistentes.

Jabuti continuava ausente.

O semblante do rei tornava-se mais e mais contrariado. A noite desceu e de Jabuti nem notícia.

– *Se chefe Jabuti não aparecer dentro de uma hora,* – declarou irado o rei – *isso lhe custará a cabeça!*

A hora passava lentamente. A comemoração foi ficando monótona; os combates entre os pugilistas, a graciosidade das dançarinas e a vivacidade dos tambores – toda essa vibrante festa não conseguia nem mesmo um mínimo sorriso do rei.

Os tambores silenciaram. Chefe Jabuti vinha ao longe. Aproximava-se lentamente, seguido por vinte trabalhadores, todos altos.

Os tambores voltaram a soar, as dançarinas batiam palmas e cantavam:

Salve Ajapa, Chefe Jabuti!
Salve! Oh, salve!

Já mais próximos, viu-se que Jabuti usava sobre as costas (naquele tempo completamente lisa e plana) um pequeno manto de ouro como o de um chefe, e seus vinte homens estavam curvados com o peso de uma grande rede que carregavam sobre os ombros. Parecia repleta de objetos peludos e redondos.

O rei saltou sobre os pés, gritando entusiasmado:

– *Ele trouxe cabeças de presente para mim! Chefe Jabuti, seja bem-vindo! Chegue mais perto e sente-se ao meu lado.*

Os vinte homens colocaram a rede no chão a uma boa distância. Jabuti sentou-se ao lado do rei. Os outros chefes, que desejariam sentar-se sob o parassol branco, encheram-se de inveja.

– *Ilustre rei, que abala a Terra! Monarca da floresta, que governa elefantes e serpentes!* – louvou Jabuti. – *Estamos todos aqui reunidos para festejar seu aniversário real. Estou feliz! Trouxe para Vossa Majestade um presente único.*

Chefe Jabuti, seu presente me dá enorme prazer – replicou o rei. – *Nunca vi tamanha quantidade de cabeças.*

Estou certo de que empreendeu uma grande façanha e enfrentou muitos perigos para conquistá-las. Não sou ingrato, e gostaria de ouvir você contar sobre o modo como obteve esse presente.

Jabuti limpou a garganta como se fosse narrar uma longa história, mas um dos chefes aproximou-se do rei e disse:

– Majestade, as cabeças que Jabuti conquistou não são nada mais que cocos! E estendeu diante do rosto do rei um grande e peludo coco.

O rei correu para onde os homens tinham deixado a rede, e viu que realmente a rede estava repleta de uma grande quantidade de cocos.

– É esse seu presente único! Terei pelo menos uma cabeça: a sua! – disse ameaçadoramente.

– Majestade, conto com sua clemência – implorou Jabuti tremendo de medo. – Verdadeiramente desejava encontrar um presente único e afirmo que o encontrei. Estou completamente convencido de que Vossa Majestade nunca recebeu 500 cocos, e se tivesse recebido, certamente Vossa Majestade nunca desejaria minha morte, pois cumpri minha promessa. Nunca disse que traria cabeças de presente.

– É verdade, chefe insolente! Nunca recebi 500 cocos – replicou o rei, que não podia conter o riso. – É igualmente certo que não tenho absolutamente o que fazer com quinhentos cocos. Portanto, ordeno que você mesmo coma todos!

Toda a corte explodiu de rir com esse decreto.

Jabuti ficou completamente consternado. Em vão pediu por clemência, prometendo assegurar dez ou doze cabeças verdadeiras por algum meio ou outro.

Os escravos do rei começaram a abrir os cocos um após outro. Jabuti ficou diante da pilha de cocos que se amontoavam. Um coco era mais do que suficiente para ele, e quando tinha comido três (nessa hora a noite já estava bem adiantada) sentiu um desconforto extremo.

Pela manhã ele ainda estava comendo, e da imensa pilha de cocos somente dez tinham sido consumidos.

Misericórdia para o pobre Jabuti! Suas costas, que sempre tinham sido retas e lisas, ficaram curvadas, e até hoje seus descendentes são corcundas.

Vendo sua triste condição, o rei abrandou e declarou que já estava satisfeito. A essa altura, Jabuti desmoronou e foi levado por seus companheiros.

– *Agora você sabe o que significa tornar-se um chefe!* – disse sua esposa. E dessa vez Jabuti não contestou.

Com o tempo ele recuperou-se dos efeitos danosos de sua ambição, mas até hoje detesta cocos.

O tesouro

Houve certa vez um jovem muito pobre, de nome Ladipo, que tinha o poder de transformar-se em qualquer coisa que desejasse. Mas esse poder mágico nunca tivera nenhuma utilidade para ele. Numa tarde enquanto estava no mercado sentiu-se faminto e infeliz, pois não tinha um único caurim[2] com que comprar bananas ou mesmo um cereal qualquer.

Ele se recostou contra o muro, sem outra intenção que descansar em sua tristeza. De repente percebeu que dois homens conversavam matreiros do outro lado.

– De que tamanho é o tesouro? – perguntou o primeiro.

---

2. Molusco gastrópode. A concha desse molusco era usada até o séc. XVIII como moeda em alguns países da África e da Ásia. As religiões tradicionais africanas usam essa concha nas artes divinatórias, como objeto de comunicação com os orixás, assim como em oferendas, nos rituais, confecção de colares, entre outros usos. Na cultura afro-brasileira é conhecida como búzio, também usada com o mesmo fim.

– Muito grande: uma fortuna, toda em ouro e marfim – replicou o outro. – Nós e nossos amigos podemos dividi-lo todo, já que ninguém mais sabe onde está enterrado. Ficaremos ricos, nós três, para a vida toda.

Já Ladipo estava ouvindo atentamente, mas queria muito ver quem eram aqueles dois. Transformou-se em uma mosca e voou para cima do muro. Viu um homem muito gordo e outro muito magro, agachados, rosto no rosto, conversando. Agora falavam cochichando. A fim de ouvir o que diziam, voou para cima da cabeça do gordo e ficou ouvindo.

– Vamos esta noite – disse o gordo. – Acho que será uma boa ideia se você achar um auxiliar de confiança para levar nossas provisões. A jornada será longa. Você sabe que o tesouro está enterrado no interior da floresta. Concorda?

– Sim – disse o magro. – Mas espere um momento! Tem uma grande mosca em sua cabeça, vou matá-la.

Evidentemente, a mosca não esperou que a matassem. Voou de volta para o mercado e ali Ladipo reapareceu em sua forma humana. Ficou esperando ansiosamente. Não demorou para ver o magro circulando sozinho por ali. Comprava provisões que ele colocava numa grande cesta.

Ladipo aproximou-se dele e disse educadamente:

– Senhor, parece que está se preparando para uma viagem. Por acaso, precisa de um ajudante? Meu amo acabou de morrer, e não tenho nada para fazer.

O magro o examinou cuidadosamente e replicou:

– Você é muito pequeno e não parece forte.

– Isso é porque hoje não tive nada para comer – disse o jovem. – Se me der duas bananas, verá a destreza com que levarei sua cesta. Além disso, sou um excelente cozinheiro.

O magro aceitou a proposta do menino e deu-lhe algumas frutas para comer. Ladipo sentiu-se revigorado e animado, tomou a cesta e seguiu adiante tão autoconfiante que o magro ficou contente de ter encontrado o jovem e bastante orgulhoso quando foi mostrá-lo naquela noite aos seus dois amigos.

Ladipo reconheceu, claro, o homem gordo. O terceiro viajante era um homem com barbas pretas longas, mas todos os três tinham nomes tão estranhos, que o menino decidiu chamá-los simplificadamente de Gordo, Magro e Barba.

Os quatro tomaram caminho imediatamente e viajaram uma longa distância dentro da floresta. Escureceu e mesmo assim não pararam. Prevenidos, levaram uma tocha e parecia que já conheciam o caminho.

A essa altura, já o cansaço tomava conta de Ladipo. Pouco mais andou, e o pobre sentiu que não poderia suportar mais. O que fez foi inventar uma lorota. Disse que tinha caído alguma coisa pelo caminho. Era preciso voltar para apanhá-la.

– Não poderá achar nada no escuro – disse Magro.

– Posso, sim! Tenho os olhos de um leopardo! – replicou o ajudante, entregou a cesta para Magro e imediatamente se transformou em um coco, se pôs dentro do cesto e foi levado junto com os outro provimentos.

Enquanto caminhavam, os viajantes conversavam sobre o ajudante.

– Se tem olhos tão agudos, temos de cuidar para não deixá-lo ver o tesouro – disse Magro.

– Arranjaremos um jeito de extraviá-lo antes de chegarmos ao tesouro, e então ele não saberá nada sobre o tesouro – disse Barba.

– Vamos descansar aqui – disse Gordo, ofegante. – Estou exausto e faminto. Qual a utilidade de carregar provisões se não comemos nada?

Sentaram sob uma árvore, e Magro disse:

– Comeremos um coco, o maior que temos.

Ladipo era o maior deles. Imediatamente voltou à sua forma e apareceu diante deles sorrindo.

– Não ouvimos os seus passos, menino! – falou Gordo.

– Não dá para ouvir, pois sou tão silencioso como uma cobra – respondeu o menino.

– Você encontrou o que tinha caído da cesta?

– Sim, uma laranja, mas estava com tanta fome que a comi – ele replicou imediatamente. E, depois de o repreenderem por comer uma laranja sem permissão, dividiram entre si um coco e retomaram a caminhada.

Novamente Ladipo achou que a cesta estava muito pesada e desejou não ter de carregá-la. Ele não conseguia pensar num plano para se livrar da carga, até que os viajantes começaram a reclamar da sede.

– Vou adiante para descobrir uma fonte – sugeriu o ajudante energicamente.

– Como poderá encontrar uma fonte no escuro? — objetou Gordo.

– É fácil para mim! – disse o ajudante – tenho os ouvidos de um antílope e o instinto do chacal. Encontrarei água.

Embora os viajantes achassem que ele tivesse ido adiante, na verdade tinha se transformado em uma folha e estava deitado na cesta em cima das provisões. Sentia-se muito alegre com a peça que tinha pregado nos seus patrões, mas logo viu que eles estavam falando sobre ele enquanto andavam.

– É um néscio esse ajudante! – murmurou Gordo, que já estava cansado do peso sobre sua cabeça.

– Néscio? Estou mais inclinado a pensar que ele é perigoso – replicou Barba. Ele tem olhos de leopardo, o silêncio das cobras, o ouvido de um antílope, o instinto de um chacal. Tenho medo de que descubra a razão de nossa viagem e nos roube o tesouro.

– Acho que é um excelente ajudante – disse Magro, porque, naturalmente, tinha sido ele que tinha contratado o jovem.

– Contudo, se tem medo dele – prosseguiu Magro –, a única coisa a fazer é deixá-lo se extraviar. Mas certamente ele nos seguirá.

Todos suspiraram, e Barba disse:

– Tudo bem, se me lembro bem do caminho, não muito longe daqui existe uma cabana onde podemos dormir o que ainda resta da noite. Acordaremos muito cedo e sairemos pé ante pé enquanto o menino ainda estiver dormindo. Mesmo com seu maravilhoso instinto, ele precisará de algum tempo para nos achar. Nesse meio tempo, desenterramos o tesouro no pé da grande árvore, comemos todas as provisões da cesta e a enchemos com o ouro e o marfim. Se o ajudante nos achar, nos encarregamos de levar a cesta, e ele nunca descobrirá a riqueza que ela leva.

Todos concordaram com o plano, e riram confiantemente. Também Ladipo na cesta estava alegre e já pensava sobre os seus próprios planos.

Ladipo não queria cavar debaixo da árvore, e por isso decidiu deixar para seus patrões o seu duro trabalho, enquanto ele próprio...

Mas nesse momento, Gordo, arfando e gemendo, abandonou a cesta:

– Oh, Deus! – ele lamentou. – Esse trabalho é muito difícil! Tenho de pegar uma folha da cesta para me abanar.

Ao ouvir isso, Ladipo voltou imediatamente à sua forma humana e apareceu diante deles.

– Menino, você aparece inesperadamente! – surpreendeu-se Magro.

– Sim, mestre, sou tão rápido quanto um trovão – replicou Ladipo, apanhando a cesta.

– Você achou água?

– Encontrei um poço onde os elefantes vão banhar-se, mas a água é barrenta e imprópria para beber – foi a resposta de Ladipo.

– Seu miserável! – berrou Barba, e todos caíram em cima do pobre menino e bateram nele impiedosamente.

Depois desse tratamento, Ladipo viu que seus patrões eram perversos. O seu plano de roubar o tesouro já não lhe causava nenhum pesar. Não mereciam possuí-lo.

Pouco depois, alcançaram a cabana. Ficava ao lado do caminho. Estava vazia. Todos foram dormir. Mas

Ladipo ficou acordado até ele ouvir os seus três patrões roncarem. Então transformou-se em uma esteira e dormiu tranquilamente.

Pela manhã, Barba acordou e chamou seus dois companheiros. Não viram o ajudante, e pensaram que devia ter ido para a floresta em busca de água.

– Melhor! – disse Gordo. – Agora nós realmente nos livramos dele.

Rapidamente enrolaram a esteira e a colocaram na cesta. Em seguida, tomaram seu caminho o mais depressa que podiam.

Magro levava a cesta. Não tinham ido muito longe quando ele começou a reclamar do peso.

– A cesta ficará muito mais pesada quando estiver cheia de ouro! – afirmou Barba.

– Nesse caso, porque não a carrega enquanto está leve? – retornou Magro. – E Barba foi obrigado a carregar a cesta.

Depois de um tempo, ele também começou a sentir cansaço e passou a cesta para Gordo, o mais preguiçoso dos três amigos. Ele resmungava o tempo todo pelo caminho falando sobre a crueldade de seus companheiros em fazê-lo carregar aquela carga. Por fim colocou a cesta no chão:

– É impossível levar essa carga monstruosa! – esbravejou. – Vou jogar fora essa estúpida esteira de que não precisamos para nada.

Lançou mesmo a esteira para longe, e continuaram o caminho.

Ladipo não queria ficar para trás e voou para a cesta na forma de um mosquito. Depois se transformou em um abacaxi para prevenir-se da hipótese de quererem livrar-se do inseto.

Subsequentemente, Gordo decidiu jogar fora as frutas mais pesadas da cesta: cocos e abacaxis.

– Que homem preguiçoso! – murmurou Ladipo quando se viu no chão novamente com as demais frutas. Transformou-se em um pássaro e voou atrás deles, mas notou que tinham parado ao pé da grande árvore.

– Aqui estamos! – disse Magro.
– Finalmente! – disse Barba.
– Estou morto de fadiga! – disse Gordo.

O pequeno pássaro pousou na árvore e ficou de olho. Como trabalharam duro! Mesmo Gordo teve de ajudar na escavação. Parecia que o tesouro estava enterrado muito fundo, pois demoraram muito tempo para encontrá-lo.

No fim tiveram sucesso e, agachados no chão, degustaram todo o conteúdo da cesta. Depois a encheram com o tesouro. Estavam todos ávidos para carregar a cesta agora, embora estivesse muito mais pesada. Lançaram um olhar indagativo entre si como se cada um suspeitasse que os outros dois tramassem fugir com o tesouro todo para si.

Não tinham ido longe quando, com um feroz barrido, um enorme elefante abriu seu caminho com grande estrondo entre as árvores e veio na direção dos três amigos. Eles ficaram tão aterrorizados que deixaram cair a cesta e correram tanto quanto suas pernas podiam.

O elefante, porém, não os perseguiu. Pegou a cesta com a tromba e seguiu a trilha da floresta quase até a vista da cidade. Aí o animal desapareceu e Ladipo ressurgiu levando a cesta.

Ele entrou intrépido na cidade e vendeu o tesouro por uma grande soma de dinheiro, comprou uma grande casa e uma plantação de cocos.

Nunca mais viu seus patrões Magro, Gordo e Barba e viveu feliz até o fim dos seus dias.

Jabuti e Caranguejo

Ambos, Jabuti e Caranguejo, levam uma concha como casa nas costas, mas enquanto Caranguejo pode defender-se com suas vigorosas tesouras, Jabuti tem, para sua proteção, de confiar em sua destreza para escapar dos perigos.

Enterrado sob a areia aquecida da praia, em uma manhã Caranguejo acordou ouvindo o chamado de Jabuti nas proximidades:

– *Gidigbo! Gidigbo! Gidigbo!* – que era um chamado para a luta.

– *Hô!* – disse Caranguejo, arrastando-se para fora de sua cama de areia. – *Quem é esse que alardeia sua força para o mundo tão espalhafatosamente?*

– *Gidigbo! Gidigbo! Gidigbo! Sou um poderoso guerreiro! Quem vai lutar comigo?* – repetia Jabuti, balançando a cabeça arrogantemente.

– *O quê! Jabuti? Você é uma criaturinha fraca* – disse Caranguejo com sarcasmo. – *Como se atreve pretender me convidar para lutar com você?*

– *Somos ambos guerreiros* – disse Jabuti. – *Ambos estamos dotados de armadura, mas você sabe muito bem que eu sou mais valente e mais forte que você.*

– *Vamos ver!* – disse Caranguejo com uma careta, e na mesma hora agarrou Jabuti pelo pescoço com suas tesouras afiadas.

– *Agora, Jabuti, admita que você não é nada além de um presunçoso tolo* – disse triunfantemente.

O pobre Jabuti fechou os olhos e sentiu-se quase desmaiar com a enorme pressão em seu pescoço. Era impossível de fato para ele responder. Compreendendo isso, Caranguejo soltou suas tesouras por um instante. Jabuti imediatamente recolheu sua cabeça e pés em sua concha e se sentiu salvo.

– *Oh, Caranguejo!* – ele murmurou, um tanto frouxamente, mas ainda conservando a confiança. – *Agora me fisgue se puder!*

Caranguejo, naturalmente, não pôde achar nenhum ponto onde suas tesouras pudessem fisgar Jabuti, e por fim teve de desistir de seu assalto.

– *Agora,* – disse Jabuti, ainda com a cabeça fora de alcance – *penso que devemos concordar que somos igualmente poderosos, e que nossas armaduras nos fazem absolutamente protegidos de ataque, desde que estejamos de prontidão.*

– *Ora, Sim!* – concordou Caranguejo. – *Somos as criaturas mais fortes e mais poderosas do mundo. Nada pode nos ferir.*

Nesse momento dois meninos estavam passando.

– *Aha!* – disse um. – *Temos aqui um belo caranguejo. Minha mãe vai ficar muito feliz em tê-lo para a refeição da noite.*

E, pegando o caranguejo por trás, ele o jogou dentro de sua sacola.

– *Aqui temos um grande jabuti* – disse o companheiro. – *Vou escaldá-la e vender sua concha no mercado. Hoje estamos com sorte!*

Ele agarrou o jabuti sem dó e o levou.

Desde esse dia os descendentes de Jabuti e Caranguejo evitam um ao outro. Quando o Jabuti vê as poderosas tesouras do caranguejo aproximarem-se, rapidamente recolhe a cabeça em sua concha, e não há dúvida de que enrubesce de vergonha ao pensar como os dois presunçosos certa vez chegaram a um fim triste e indigno de caírem dentro da panela.

O pente dourado

Tão distante quanto a vista de alguém pode alcançar, por toda a orla do oceano estende-se a dourada e brilhante areia da praia. Ali nas horas diurnas tudo está deserto, mas à noite, quando a lua derrama seu esplendor luminoso, as sereias erguem-se do mar e sentam na areia sobre sua cauda prateada, penteiam seus longos cabelos e entoam cantos que parecem o murmúrio do vento nas altas palmeiras.

Cada sereia tem um grande tesouro que ela guarda junto de si: seu pente de ouro.

Ao amanhecer a lua apaga-se, as sereias deslizam para o mar mais uma vez e dançam na espuma branca das ondas ou mergulham para o fundo do oceano, onde pérolas e corais vibram e os peixes nadam suavemente com olhos parados.

Uma vez uma descuidada sereia voltou ao mar ao amanhecer e deixou seu pente sobre a areia.

Oh, quão vasta e silenciosa as areias douradas ficaram naquela manhã! Não havia uma única marca de pés, fosse onde fosse, até que um pescador veio caminhando lentamente. Cantava para si mesmo, pois tinha feito uma boa pescaria aquela noite. Na luz do sol ele repentinamente viu o pente dourado reluzindo na areia. Ele o apanhou e quando viu como era bonito, apressou-se rumo a sua cabana e reuniu sua família.

– *Ayo!* – disse animado o pescador para a sua esposa – *veja que coisa linda eu achei na areia depois do que eu trouxe em minha rede. Nossa filha Remi usará esse pente amarelo em seus cabelos.*

– *Oh!* – alegrou-se Remi, dançando animadamente – *isso causará inveja em todas as outras garotas. Deixe-me usá-lo agora mesmo!*

Taiwo e Kehinde, os dois filhos do pescador, aproximaram-se para ver melhor o pente e ficaram murmurando entre si.

– *Pai,* – ambos disseram por fim – *esse pente é muito requintado para a filha de um pescador. Deixe-nos vendê-lo na cidade, pois parece que é de ouro. Com o dinheiro que apurarmos poderemos comprar para Remi um pente de tartaruga, e outras coisas para nós mesmos com o que sobrar.*

A isso, Remi começou a chorar e implorar pelo pente amarelo. Seus irmãos, do mesmo modo, desejavam ansiosamente vender o pente. O pai ficou completamente confuso, e, não querendo infelicitar nenhum dos filhos, decidiu ir à cidade e descobrir o real valor do pente.

Decisão tomada, ele saiu depois de beber apressadamente uma tigela de *gari*[3] e logo chegou à cidade.

---

3. Alimento a base de mandioca muito consumido na Nigéria.

No mercado ele mostrou seu pente para um comerciante de boa reputação. O homem o examinou, primeiramente com negligência; depois com grande interesse.

– Meu amigo, – disse o comerciante honesto, que se chamava Oniyun – *o senhor precisa mostrar esse pente a um ourives, não a um pobre comerciante com eu. Se eu transformasse todos os meus bens em dinheiro, ainda assim não conseguiria os recursos para comprá-lo. Como lhe chegou esse tesouro?*

O precavido pescador desconversou e, enquanto agradecia a Oniyun pela bondade, perguntou pelo nome de um ourives a quem ele pudesse recorrer.

– *Você encontrará um homem honesto que vive na segunda casa da rua que leva à praça do mercado* – disse o comerciante. – *Seu nome é Alagbede. Ele lhe oferecerá um bom preço pelo pente, que é feito do mais puro ouro e revela o mais fino trabalho de arte manual em seus ornamentos. Eu lhe peço esconder o anel cuidadosamente e evitar aqueles que usam roupas arregaçadas.*[4] *E se esse pente trazer-lhe fortuna, espero ser convidado para a sua festa.*

O pescador agradeceu e foi à procura da casa do ourives. Os empregados do ourives não queriam, à vista de um homem tão pobremente vestido, permitir a sua entrada. Ele persistiu na necessidade de ver o mestre ourives, e por fim eles o conduziram a uma sala escura, onde o ourives estava deitado em um divã desfrutando do conforto refrescante de um leque. O calor estava intenso, e ele ficou evidentemente aborrecido em ver-se perturbado.

---

4. Ladrões, que arregaçam as vestes para facilitar a fuga.

– *Senhor,* – disse o pescador humildemente – *tenho aqui um pente que desejo vender. Fui encaminhado ao senhor por um comerciante de nome Oniyun.*

Ao olhar o pente o ourives perdeu imediatamente seu ar de indolência e o examinou com rigorosa atenção.

– *De que maneira esse pente lhe veio às mãos* – ele perguntou, a testa franzida de desconfiança.

– *Senhor,* – replicou o pescador com dignidade, guardando o pente nas dobras de sua roupa – *não foi por meios desonesto que o consegui, e se o senhor me tem como suspeito, não tenho nada a mais a dizer-lhe, a não ser me despedir.*

O ourives pediu-lhe que não se ofendesse e generosamente o fez sentar-se em um banco entalhado.

– *Perdoe minha precipitação,* – ele disse – *mas em nosso negócio temos de ser cautelosos. O pente que você me traz é de grande valor e digno de adornar a cabeça da esposa de um rei.*

O pescador ficou tão encantado que ele desejou dançar de alegria, e só com dificuldade manteve-se sentado.

– *Oniyun acertou em enviar seus passos inocentes à minha casa* – continuou o ourives. – *Muitos ofereceriam um bolsa cheia de caurim pelo pente, ao mesmo tempo que ocultariam de você o verdadeiro valor dessa joia. E depois de se despedir de você o venderia para um chefe rico por uma grande fortuna.*

– *É verdade* – concordou o pescador, mas um tanto impaciente, pois estava ansioso para saber o valor do pente.

Finalmente, depois de muito examinar, o ourives indicou um valor que encheu o pobre pescador de entusiasmo.

– *Senhor!* – exclamou, agarrando os pés do ourives – *o senhor é verdadeiramente um elefante de justiça! Existem mesmo muitos homens honestos no mundo. Possa sua generosidade ser recompensada!*

Durante todo esse tempo a família do pescador ficou esperando seu retorno. Qual não foi a sua surpresa ao vê-lo chegar seguido de uma carroça puxada por dois homens, com muitos sacos de dinheiro.

Eles o acumularam de perguntas e logo ouviram as boas novas.

– *Tenho de ir ao mercado e comprar roupas de seda e veludo para mim!* – adiantou-se Ayo, sua esposa.

– *Não tão depressa!* – disse o pescador com dignidade. – *Seus dias de penúria acabaram, mulher. Você não deve sair até que eu arrume um riquixá e cules[5] para que você possa aparecer na cidade como uma grande dama. O tesouro que encontrei na areia nos elevou da pobreza a riqueza. Agora não somos mais pobres pescadores mas pessoas importantes. Esta noite temos de dar uma festa que será para sempre lembrada pelos donos de canoas e redes de pesca. Portanto, vamos nos preparar.*

Em uma hora cozinheiros contratados estavam atracados a enormes panelas e os vendedores de suprimentos no mercado tinham recebido ordens que os deixaram de olhos arregalados de espanto, curiosos de saber que peixe aquele homem pobre tinha apanhado em sua rede. Como um homem, que consumia apenas peixe e

---

5. Riquixá – Cadeirinha ou liteira leve, de duas rodas, puxada por um homem a pé; Cule – Operário nativo não especializado.

gari, podia de um dia para outro preparar um banquete daquela magnitude?

Um boi inteiro, três carneiros e quarenta galinhas, assados ou cozidos, foi o que movimentou a cabana do pescador, de tal forma que o aroma se estendia por todo lado, longe e perto, ali e para lá muito distante. Havia arroz e batatas e as frutas mais deliciosas em grande abundância, os melhores percursionistas da cidade foram contratados para tocar no baile.

À luz da lua começou a grande festa, e o pescador pobre deixou suas redes ociosas e sua canoa recolhida na praia. Nunca antes ou desde então houve uma festa tão memorável naquele lugar.

A essa hora as sereias estavam se preparando para subir à praia e usufruir o seu divertimento da meia-noite.

– *Estão prontas, filhas?* – perguntou o rei do povo das águas. – *Todas trazem seus colares de coral, suas pérolas e seus pentes de ouro?*

– *Ah, meu pente!* – murmurou a descuidada sereia – perdi meu pente.

– *Como! Seu lindo pente de ouro?*

– *Procurei em toda parte, nas grutas e entre as algas, mas não consegui encontrá-lo. Perguntei ao tubarão e ao peixe-espada se o tinham engolido, mas não sabiam nada sobre o meu pente. Perguntei ao caranguejo se ele o escondeu na areia, mas ele me tratou mal. E quando perguntei ao polvo, ele tentou me agarrar com seus horríveis braços ser pente antes. Então nadei para longe deles.*

O rei do povo das águas tinha os olhos ensombrecidos, as sereias tinham a fronte franzida pela descuidosa irmã.

— *Reino aqui há milhares e milhares de anos* — declarou o rei, acenando com a cabeça preocupadamente — *e nunca um pente foi perdido durante todo esse tempo. É verdade que o Povo da terra tem invadido o mar e tem roubado nossas pérolas, e é verdade que algumas vezes as ondas levam para a praia um colar de coral rompido, mas um pente de ouro até agora nunca tornou-se propriedade de uma moça da terra. Céus, céus! Oh, filha descuidada, você deve ter deixado seu pente sobre a areia.*

Ansiosamente, as sereias arrastaram-se sobre a areia na luz da lua e procuraram em vão pelo tesouro perdido. Nenhum sinal dele pôde ser encontrado. A sereia descuidada chorou dolorosamente, e as demais brigaram e bateram nela. Na distância puderam ouvir música e dança. A festa dos pescadores estava no auge.

Ao amanhecer, as sereias voltaram ao reino das águas, e desde então ao longo de todo o dia elas chicoteiam as ondas com a cauda. Espumas e borrifos explodem, porque ficam enfurecidas de raiva, o seu pente de ouro poderá ser roubado. É por essa razão que as ondas explodem furiosamente ao longo da costa.

Molara

Um fazendeiro tinha uma filha muito tola. Seu nome era Molara. Era tão tola que seus irmãos e irmãs sempre riam dela e caçoavam de sua estupidez. A pobre Molara se escondia em um canto da casa e chorava amargamente.

Seu pai era um homem rico. Possuía um grande rebanho de gado e cabras, campos de milho e um grande pomar com muitas árvores frutíferas.

Seu vizinho, um jovem fazendeiro, estava arruinado. Tinha perdido toda a sua safra, seu rebanho adoeceu e morreu, e ele caiu numa extrema pobreza.

Um dia ele estava na divisa de suas terras com a do rico vizinho, quando viu a filha Molara vagando pelo campo, chorando dolorosamente. Ele a chamou:

– Por que chora?

– Porque sou muito feia – respondeu.

– Se me der algumas vacas boas e gordas, eu te direi como tornar-se bonita – disse o espertalhão.

– Mas não tenho vacas – disse a moça com tristeza.

– E aqueles animais todos que vejo no campo?
– São de meu pai.
– Então, se me trouxer metade do gado de seu pai, te contarei o segredo de como ficar bonita.

A tola Molara conduziu metade do gado de seu pai para os campos do vizinho.

– O segredo é o seguinte: para tornar-se bonita você tem de sorrir o tempo todo – disse o jovem.

Molara correu para casa sorrindo o tempo todo. Seus irmãos exclamaram:

– Olhem para Molara. Ela está muito bonita esta noite.

Quando o pai chegou em casa, estava em grande aflição. Metade de seu gado tinha desaparecido e não pôde ser encontrado em lugar nenhum.

Molara nada falou.

No dia seguinte o jovem ficou na divisa novamente, e viu Molara vagueando pelo campo.

– Você agora está feliz? – perguntou.

– Não – ela disse com o rosto cheio de tristeza. – Estou ainda infeliz porque ninguém quer se casar comigo.

– Se é assim, traga-me o restante do gado de seu pai e eu te direi como conseguir um marido – disse o astuto jovem.

A tola Molara conduziu com entusiasmo o resto do gado de seu pai para as terras do vizinho.

– O segredo é o seguinte: finja que você não quer se casar com ninguém, e todos os rapazes ficarão ansiosos para casar com você – disse o jovem.

Molara seguiu para casa e encontrou seu irmão mais velho reunido com seus amigos.

– Pobre Molara! – disse o irmão. – Ela está tão bonita agora, mas ninguém se casará com ela.

– Nunca me casarei! – Molara declarou, sorrindo luminosamente. Os amigos de seu irmão ficaram tão surpresos que todos eles resolveram perguntar ao pai da jovem se um deles podia casar-se com ela.

Mas quando o pai chegou, não quis ouvir nenhum deles. Estava muito bravo e aflito. O seu gado todo tinha desparecido e não pôde ser encontrado em lugar nenhum.

Molara nada disse.

No dia seguinte o jovem estava novamente na divisa e a chamou quando a viu passear pelo campo.

– Está feliz agora?

– Não – disse Molara com o rosto cheio de tristeza. – Ainda sou infeliz, porque todos dizem que sou muito tola.

– Ora, se me trouxer as cabras de seu pai, te revelarei o segredo do bom senso – disse o perverso jovem.

Molara conduziu com alegria as cabras para os campos do vizinho.

– Bem, eis o segredo do bom senso: lembre-se que todos os demais são mais tolos do que você.

Molara seguiu para casa. Ela sorria, voltou-se para todos os jovens e, quando viu que ninguém lhe dirigiu a palavra, lançou um olhar inteligente para todos, como se dissesse: "Ah! Pensam que sou tola, mas agora sei que vocês são muito mais tolos que eu!"

Nesse momento todos olharam para ela com gosto e respeito, e ela finalmente estava muito feliz.

O pai é que logo depois chegou chorando.

– Ah, meus filhos! Estou arruinado. Meu gado e minhas cabras desapareceram como por magia, e tenho certeza de que amanhã a safra terá desaparecido de meus campos e as frutas do pomar também. Que infortúnio! Ah, desgraça, desdita!

Molara nada disse. Recolheu-se e permaneceu acordada toda a noite. Pensava nas palavras de seu pai, como agora estava muito menos tola e no jovem, seu vizinho. Percebeu como ele era perverso, apesar de seus bons conselhos. Por fim, pensou num plano para reaver o gado e as cabras de seu pai.

Bem cedo no dia seguinte, ela foi ao mercado. Viu a esposa do jovem comprando arroz. Molara aproximou-se dela e disse:

– Se me der as cabras que estão nas terras de seu marido, te contarei um grande segredo sobre ele.

A esposa ficou mordida de curiosidade para descobrir que segredo era esse, e aceitou a proposta.

Molara, depois de contar os animais e constatar que estavam todas de volta aos campos de seu pai, disse:

– Eis o segredo: seu marido é um homem desonesto.

A esposa ficou furiosa ao ouvir isso, e desejou não ter cedido as cabras, mas já era tarde para arrependimentos. Naquela noite, o pai de Molara retornou para casa cheio de alegria.

– Maravilha! Minhas cabras voltaram!... Molara, como está linda!

E Molara foi dormir sorrindo.

Bem cedo na manhã seguinte, ela foi novamente ao mercado e também dessa vez encontrou a esposa do jovem.

– Se você me der metade do gado que está nas terras de seu marido, eu lhe contarei um segredo ainda maior sobre ele.

A esposa ficou muito ansiosa para saber que outro segredo seu marido tinha, e aceitou entregar metade do gado. Depois de contar todos os animais, Molara disse:

– Eis o segredo: seu marido será sempre pobre enquanto for desonesto.

A esposa se afastou furiosa, desejando não ter dado o gado, mas já era tarde para arrependimentos.

À noite, o pai retornou para casa no auge da alegria.

– Mais maravilha ainda! – ele declarou. – Metade de meu gado voltou. Sou um homem de muita sorte! ... Molara, esses três jovens me perguntaram se podem casar com você, e ainda não pude decidir qual deles será o melhor marido.

Molara voltou as costas para todos eles e foi dormir sorrindo.

Na manhã seguinte, ela viu outra vez a esposa do jovem no mercado e disse:

– Se me der a outra metade do gado que está nas terras de seu marido, eu lhe revelarei o segredo mais importante de todos sobre ele.

– Não quero saber dos seus segredos! – disse rudemente a esposa. – Além disso, meu marido baterá em mim quando chegar em casa e encontrar seus campos vazios.

– Está muito bem então – disse Molara, fingindo que se afastava. Mas a curiosidade da mulher não permitiu que ela mantivesse a sua decisão e lá foi de volta o gado remanescente para a fazenda.

Depois que Molara contou os animais, disse:

– Eis o segredo: seu marido pensa que é esperto, mas ele é muito mais tolo que eu. E espero que você repita-lhe todas as minhas palavras quando ele perguntar o que aconteceu com o gado e as cabras que pastavam em suas terras.

Naquela noite houve uma grande festa e muita alegria na casa do fazendeiro rico.

– Todo o meu gado e cabras reapareceram como por magia! – disse entusiasmado o fazendeiro enquanto abraçava seus filhos. – Sou um homem de sorte... Molara, você parece tão sábia e bela; não aceitarei nenhum como genro a menos que ele tenha pelo menos vinte vacas e dez empregados, porque eu tenho verdadeiramente uma filha muito boa.

Molara sorriu enquanto se retirava para dormir. Mas ninguém nunca soube em que medida ela tinha sido tola e em que medida ela tinha sido sábia.

O mistério da árvore frutífera

Havia um homem – um homem muito velho – que tinha sete belos filhos e vivia em uma grande casa cercada de muitas árvores frutíferas.

Uma manhã ele disse ao filho mais velho:

– Adekunle, gostaria que você subisse naquela árvore que fica na frente da casa e me trouxesse algumas frutas.

– Com prazer, pai – replicou o rapaz.

Tinha galgado até o meio da árvore, soltou um grito e caiu. O segundo filho correu para socorrer o irmão, mas já não o encontrou com vida.

– Ai, pai! – gritou o rapaz. – Adekunle está morto! Vou subir e pegar as frutas.

O segundo rapaz alcançou o meio da árvore, também ele deu um grito e caiu. O terceiro filho correu para socorrê-lo, mas também este estava morto.

– Ai, pai! – gritou o terceiro rapaz. – Meus dois irmãos estão mortos. Vou pegar as frutas para o senhor.

A mesma coisa aconteceu ao terceiro irmão e a todos os outros. Até mesmo o mais jovem caiu da árvore e morreu. Ficaram ali estendidos lado a lado, mortos. A mãe e o pai choraram a perda de todos os filhos.

– É terrível! – disse o pai.

– Há algum mistério nisso, disse a mãe. – Vamos procurar o rei e contar-lhe o que aconteceu.

O velho concordou, e foram juntos ao palácio. O rei ouviu o relato e espantou-se. Nunca tinha ouvido falar de um acontecimento tão estranho em seu reino. Ficou a cismar e, por fim, disse:

– É estranho que tenham caído mortos quando atingiram a mesma altura da árvore.

Dito isso, mandou anunciar que daria ¼ de seu reino para quem conseguisse resolver o mistério. Mágicos de várias partes do país vieram à casa do ancião.

Lá estava a árvore, lá estavam os sete irmãos, e lá estavam os mágicos reunidos em torno da cena misteriosa. Todos ávidos para subir na árvore e investigar o que havia naquele ponto fatal. Um deles, considerado o mais poderoso, foi o escolhido para a tarefa.

Ele subiu. Mas não passou do meio da árvore. Tal como sucedeu com os sete irmãos, naquele ponto ele também deu um grito e caiu morto.

Os outros mágicos encheram-se de terror e fugiram – todos, exceto um muito astuto, que esperou até que todos os outros tivessem se afastado. Só então foi examinar os sete irmãos e o primeiro mágico que estavam estirados em fila ao pé da árvore.

A esse primeiro exame, muniu-se de precaução e, em vez de subir pelo tronco da árvore, mandou trazer um machado e a derrubou. Ela caiu com estrondo e, depois de examiná-la cuidadosamente, coletou algo e colocou na cesta que levava. Em seguida, apressou-se em seguir seu caminho, rindo alegremente.

Ocorreu que outro observador viu tudo que acontecia. Era nada menos que Jabuti. Ele tinha ouvido falar sobre o mistério dos sete irmãos. Naquele momento, voltava para casa na hora costumeira do seu jantar e, como grande curioso que era, acercou-se com ouvidos e olhos prontos para ver e ouvir tudo que se passava.

Quando viu o Grande e Sábio Mágico ir embora com tamanho ar de contentamento, pensou: *"Sei, esse mágico resolveu o mistério, e está certo de que receberá a recompensa prometida pelo rei. Preciso saber mais sobre esse caso!"*

Jabuti deu meia volta e, em vez de retomar seu caminho natural, seguiu o mágico silenciosamente até sua casa e escondeu-se num canto escuro. A esposa do mágico preparava o jantar. Seu marido, recolhido em sua saleta de trabalho, juntava ervas e encantamentos em uma jarra pequena.

À mesa de jantar com a esposa, enquanto desfrutava o sabor da carne, começou a contar-lhe tudo acerca dos sete irmãos. Jabuti arrastou-se e aproximou-se mais para ouvir melhor a conversa.

– Naturalmente, teria sido uma grande tolice subir naquela árvore – disse o mágico. – Em vez disso, eu a derrubei. O que acha que eu descobri?

Sua esposa não podia adivinhar, então ele continuou orgulhosamente:

– Veja, uma serpente terrível estava enrolada num galho na altura onde os sete irmãos e o primeiro mágico encontraram aparentemente a morte. Ela mordeu cada um deles e por isso vieram abaixo. A serpente foi esmagada na queda. Descobri isso e tomei o cuidado de trazê-la em minha cesta.

A esposa exclamou admirada, e mesmo Jabuti não pôde evitar o impacto que a sagacidade do Grande e Sábio Mágico lhe causou.

– Agora vou contar-lhe algo engraçado – acrescentou o mágico. – Os sete irmãos e o primeiro mágico não estão mortos coisa nenhuma! Estão só inconscientes pela atuação do veneno! Restabelecerão imediatamente a saúde logo que eu aplicar-lhes na boca um pouco dessa poção mágica que preparei.

A esposa, naturalmente, ficou encantada. Agora era planejar o que fariam com o prêmio prometido pelo rei.

Jabuti permaneceu bem quieto até que eles estivessem dormindo profundamente. Só então esgueirou-se de seu esconderijo e arrastou-se cuidadosamente até alcançar a jarra que guardava a preciosa poção. O que fez foi passar o conteúdo para outra jarra. Encheu a primeira com água e a devolveu exatamente ao lugar onde a encontrou.

Bem cedo na manhã seguinte, Jabuti procurou um caçador na floresta e pediu-lhe uma serpente morta.

– Uma serpente morta! – espantou-se o caçador, atônito.

– Sim, mas tenho pressa – disse Jabuti. – Peço-lhe, se tem uma serpente, que a ponha já no cesto.

– Eu matei uma ontem, – replicou o caçador – mas a cabeça está esmagada. Talvez não sirva para você.

– Serve perfeitamente! – replicou Jabuti entusiasmado. – Não preciso de outra serpente. Pode me dar essa mesmo.

– Pode levar. Não tenho nada que fazer com uma coisa dessa aqui – disse o caçador.

E lá se foi Jabuti muito contente, levando uma serpente morta na cesta e um jarro cheio da poção mágica.

– Que sorte! Tanto melhor se está com a cabeça esmagada – disse para si logo que se pôs a caminho.

Foi recebido no palácio, e na presença do rei disse humildemente:

– Majestade, tive a felicidade de resolver o mistério dos sete irmãos.

Toda a corte ficou atônita.

– O quê! Jabuti! – exclamou o rei. – Nunca pensei que fosse tão inteligente. Se você pode explicar o mistério, manterei minha promessa e lhe darei ¼ do reino.

Nesse mesmo momento o mágico chegou, sorrindo de felicidade e completamente confiante de que ninguém mais acharia a solução do caso.

– Majestade, resolvi o mistério dos sete irmãos – ele disse, curvando-se diante do rei.

– Chegou muito tarde – disse o rei. – Outro achou a solução antes de você.

O mágico olhou ao redor e viu apenas Jabuti.

– Jabuti! – ele exclamou rindo. – Ora, sempre tiro Jabuti do meu caminho a pontapés. Ele está brincando com o senhor. Ele não é capaz de resolver o mistério.

– Na verdade sou, e estou apenas esperando para contar minha história – disse Jabuti.

O rei ordenou que então explicasse o mistério, e com enorme prazer ele começou:

– Majestade, em primeiro lugar, usei de precaução e, em vez de subir na árvore, peguei um machado e a derrubei. Nos galhos encontrei uma serpente imensa, que mordeu cada um dos irmãos, por isso gritaram e caíram. Aqui em minha cesta está a serpente, a cabeça ficou esmagada com a queda da árvore.

Uma explosão de aplausos ressoou por toda a corte. O rei voltou-se para o Grande e Sábio Mágico e perguntou:

– Agora, dê a sua explicação.

– Majestade, minha história é exatamente a mesma – replicou desnorteado o mágico. – mas lhe asseguro que eu, apenas eu, descobri o segredo. Eu derrubei a árvore, e a serpente verdadeira está em minha cesta, a única que mordeu os sete irmãos!

O rei olhou para Jabuti, para o mágico e para as duas serpentes, e não pôde decidir qual a verdadeira.

– Um momento, Majestade! – pediu o mágico. – Tenho outra prova. Descobri que os sete irmãos e o primeiro mágico não estão mortos de fato. Estão apenas inconscientes. Tenho neste jarro uma poção que vai restaurar a vida deles.

O rei olhou indagativamente para Jabuti, que replicou:

– É verdade que os sete irmãos não estão mortos.

Tenho aqui nesta jarra o único encantamento no mundo que pode restaurar a vida deles.

– Isso pode ser imediatamente verificado – disse o rei, e mandou um grupo de escravos à casa do ancião para trazer os corpos dos sete irmãos e do primeiro mágico.

O rei então ordenou ao Grande e Sábio Mágico que restaurasse a vida de todos. O mágico aplicou a poção e esperou o resultado, sorrindo calmamente. Nada aconteceu! O mágico logo começou a tremer de medo e de frustração.

Jabuti, por sua vez, pegou sua jarra e tratou com a poção cada um dos irmãos, assim como o primeiro mágico. Imediatamente levantaram e começaram a fazer perguntas um ao outro.

Os pais dos irmãos explodiram de alegria e correram a abraçá-los. Estavam tão entusiasmados que abraçaram também Jabuti e agradeceram a ele com lágrimas nos olhos. O primeiro mágico foi também alegremente abraçado por seus amigos.

– Jabuti, seu ato foi excepcional e muito inteligente. ¼ de meu reino é seu – disse o rei.

Jabuti aceitou o prêmio e então voltou-se para mágico:

– Infeliz! – ele disse. – Você sempre caçoou de Jabuti e o chutava cruelmente para fora do seu caminho. Essa é a sua recompensa. A perspicácia de Jabuti é mais apurada que a sua, apesar de toda a sua arte mágica. Possa isso lhe servir de lição! E para lhe mostrar como sou generoso, lhe darei uma grande casa para viver e uma fazenda próspera para cultivar, de maneira que possa deixar suas maldades e nada mais tenha a fazer com seus feitiços.

O pobre mágico, prostrado e completamente confuso, não pôde responder. Ele passou o resto de sua vida em silêncio, matutando consigo para tentar descobrir que artimanhas Jabuti tinha criado para vencê-lo em esperteza.

O morcego oportunista

O morcego tem asas como os pássaros, mas seu corpo é semelhante ao de seus primos, os ratos. Ele é muito furtivo e tímido, e todas as outras criaturas o detestam, particularmente pelas razões seguintes.

Certa vez os ratos estavam em guerra com os pássaros. A luta estava muito acirrada. Vez ou outra um pássaro descia em voo de ataque e agarrava um rato. Os ratos faziam de tudo para capturar o inimigo pelas asas ou pela cauda emplumada e quando conseguiam estraçalhavam o infeliz.

Os ratos estavam com tremendas dificuldades, e por fim enviaram uma mensagem urgente ao seu primo, morcego, pedindo-lhe que viesse e os ajudasse na luta. O morcego concordou em se juntar a eles, e lutou ao lado dos primos durante algum tempo, até o dia em que ele descobriu que os pássaros tinham maior chance de vitória.

Logo que notou isso, abandonou a luta junto dos amigos primos e foi se juntar aos pássaros. Subiu em voo traidor para o alto e ali ficou o descarado ajudando os inimigos dos ratos. De fato, os pássaros venceram e os ratos tiveram de recuar e correr para suas tocas.

O morcego ficou muito entusiasmado e esperava que os pássaros o recompensassem generosamente por sua colaboração. Em vez disso, eles o expulsaram com aversão, gritando:

– Não precisamos de traidores!

O morcego bateu asas em retirada. Desceu sentindo-se muito magoado com as bicadas que ele tinha recebido. Mas os ratos não queriam amizade com ele depois de sua traição, também o despediram furiosamente e o mandaram buscar seu rumo.

O infeliz morcego estava agora muito triste pelo modo como agiu, mas era tarde. Desde então ele evita todas as criaturas. Esconde-se durante o dia em algum lugar escuro e só sai à noite quando seus inimigos não podem vê-lo, nem insultá-lo:

– Não precisamos de traidores!

As duas jarras mágicas e o caçador-serpente

Era uma vez um poderoso caçador, chamado Ogunfunminire. Além de seu nome longo, ele tinha muitos filhos, todos caçadores como ele próprio. Por essa razão sua família veio com o tempo a tornar-se conhecida em todo lugar pela habilidade e coragem em rastrear animais selvagens pela floresta.

Ogunfunminire viveu tanto que chegou a conhecer os filhos dos filhos de seus filhos, ou, em outras palavras, ele era um bisavô.

Tendo alcançado uma idade tão avançada, Ogunfunminire ficou muito debilitado. Já não conseguia obter sucesso na caça e, para sua grande infelicidade, seus filhos, netos e bisnetos saíam furtivamente bem cedo para a floresta. O infeliz ancião percebia que agiam assim para não levá-lo à caça.

– Ah, desdita! – lamentava Ogunfunminire. – Não sou mais o poderoso caçador, senhor das grandes façanhas contadas em todo o país. Não sou nada senão um velho débil, e meus filhos não têm paciência comigo. Apesar disso, tenho de permanecer caçador, pois morrerei de tristeza se tiver de ficar em casa como os outros velhos.

Com essa determinação em mente, fez uma longa jornada pela floresta até alcançar a cabana de um mágico que vivia totalmente sozinho no meio de um pântano, tendo cobras, lagartos e crocodilos como única vizinhança.

– Ó grande mágico do pântano! – disse Ogunfunminire, tremendo à medida que se aproximava da cabana. – Diga-me, peço-lhe, como posso continuar a caçar na floresta, como fiz há tempos nos dias de minha juventude.

O mágico nada disse durante algum tempo, mas no fim falou:

– Por que não fica em casa como os outros homens de sua idade?

– Porque desejo ser um caçador até o fim de meus dias, e se me ajudar lhe darei essa corrente de ouro de grande valor.

O mágico permaneceu em silêncio por longo tempo. Por fim ele pegou a corrente e entrou na cabana. Quando voltou, trazia dois vasos, que entregou a Ogunfunminire dizendo:

– Quando desejar caçar, mergulhe sua cabeça no primeiro vaso pronunciando essas palavras: Vaso! Vaso! Pelo poder que existe em você, me transforme! Quando estiver cansado de caçar, mergulhe a cabeça no segundo vaso, e tudo voltará a ser como antes.

Ogunfunminire ficou extremamente confuso com as palavras do mágico, mas agradeceu e partiu. Levou os dois vasos e escondeu as duas peças em um quarto privativo da casa.

Bem cedo na manhã seguinte, foi em busca dos vasos. Mergulhou a cabeça no primeiro vaso, dizendo com voz trêmula: Vaso! Vaso! Pelo poder que existe em você, me transforme!

Para sua surpresa, se viu transformado em uma serpente. Com essa forma ele rastejou e seguiu para a floresta. Caçou para seu contentamento o dia todo. Quando a noite chegou, retornou para casa, mergulhou a cabeça no segundo vaso e imediatamente retornou à sua forma humana.

Os dias de caçada de Ogunfunminire voltaram. Durante o dia ele não era encontrado em nenhum lugar. Ninguém podia supor a razão por que ele parecia tão feliz e onde ele passava todo o seu tempo.

Um dia, seu filho mais velho foi ao quarto onde o ancião guardava os dois vasos e o surpreendeu no exato momento em que pronunciava as palavras mágicas. Quando viu seu pai se transformar em serpente, o filho, ele próprio um homem velho, encheu-se de horror. Contou para a família toda sobre os vasos e o segredo da felicidade de Ogunfunminire.

O velho caçador não soube mais o que era paz. Seus filhos, netos e bisnetos passavam o tempo todo tentando convencê-lo a ficar em casa em vez de vagar pela floresta na forma de uma terrível serpente. Ele não deu ouvidos a esses conselhos. Continuou a usar o artifício mágico e todos os dias saía rastejando de casa rumo à floresta. Caçava o dia todo e só retornava ao anoitecer.

Por fim, chegou o dia em que a família estava comemorando o nascimento do primeiro trineto, mas o ancião não pôde ser encontrado para se juntar com a família nas festividades. Estava fora, na floresta.

Um de seus filhos, assaltado de repentina raiva, chutou os dois vasos mágicos. Ambos tombaram e a poção derramou-se pelo chão.

Ogunfunminire retornou à noite e rastejou para o quarto de seu segredo. Ah, desdita! O vaso estava vazio. Em terrível agitação, o caçador tentou em sua forma de serpente encontrar umas mínimas gotas da poção preciosa. Inútil, tinha se infiltrado toda no solo para sempre perdida.

Na sua aflição, o infeliz ancião desejou ardentemente ter ouvido o conselho dos filhos. Quanto invejou os outros anciãos que ficavam à porta de suas casas, ao frescor da tarde, contando velhas façanhas em vez de tentar encontrar novas na floresta.

Durante três dias a serpente rastejou tristemente em torno da casa. A família fechava todas as portas e tinha medo de aventurar-se a sair.

No terceiro dia a serpente retornou para a floresta e nunca mais foi vista. Desde aquele tempo – e até hoje na Nigéria – os descendentes de Ogunfunminire levam o título "Orile", que significa "Filho de uma poderosa serpente".

A caranguejo elegante

Mãe e pai caranguejos tinham muito orgulho de sua filha. Em primeiro lugar, seu dorso era perfeitamente liso e suas tesouras maravilhosamente delicadas!

Eles a enviaram para outro país para aprender todas as habilidades possíveis a uma jovem dama caranguejo.

Depois de uma longa ausência, a filha retornou para casa. Seus pais ofereceram uma festa em sua homenagem, convidando seus amigos e a parentela – até mesmo os mais distantes – seu primo, a lagosta, seus vizinhos, a água-viva, as lapas, e a encantadora família dos pitus e camarões.

Quando todos os convidados estavam reunidos, a jovem dama caranguejo foi chamada por sua mãe para exibir as habilidades que tinha aprendido no estrangeiro.

Ela adiantou-se timidamente movendo-se de lado como os caranguejos sempre fazem.

– Meu Deus! – bradaram os convidados extremamente atônitos. – Pensar que depois de viver tanto tempo em outro país, sua filha ainda anda de lado! Que vergonhoso! Ela não aprendeu a nadar graciosamente como um peixe, ou a deslizar-se como uma serpente?

– Na realidade, não! – rebateu Mãe Caranguejo. – Sejam quais forem as habilidades que minha filha aprenda, desejo que ela antes de tudo seja uma caranguejo bondosa, não um peixe ou uma serpente indiferente. Entre todos os costumes do mundo, pergunto, o caranguejo deve se envergonhar de andar como caranguejo e preferir nadar ou arrastar-se como um ser completamente diferente?

– Você é uma mãe sábia – disse a velha lagosta. – É melhor tirar o máximo proveito daquilo que somos realmente do que adotar modos e maneiras de outros que não estão de acordo com nossas características próprias.

O Jabuti e a Mosca

Os tempos eram difíceis. Jabuti e sua extensa família escassamente tinham o suficiente para comer. Lembravam-se com tristeza das boas refeições que em tempos mais prósperos podiam ter em sua mesa e o que mais queriam era nunca mais sentir fome.

– Você notou como Mosca e sua família são prósperos? – disse Nyanribo para seu marido. – Mesmo nesses tempos difíceis parecem ter dinheiro à vontade e compram provisões no mercado todos os dias. Tenho certeza de que há algum mistério nisso.

Jabuti também achava o mesmo. Foi visitar Mosca e sua família, mas não encontrou ninguém em casa. Esperou, descansando à sombra de um mamoeiro. Logo Mosca retornou carregando um grande e pesado saco.

Jabuti ficou muito curioso para saber o que continha o saco. Como não tinha coragem bastante para perguntar e como Mosca não fez nenhuma menção de abri-lo em sua presença, ele se despediu desejando saúde e felicidade para Mosca e aos seus.

Mas não foi de verdade para casa. Em vez disso, se arrastou para trás da casa e grudou os olhos em um vão da parede, de maneira que pudesse ver o que se passava dentro da casa.

Viu que Mosca abriu o saco e despejou caurins e moedas de todo tipo. Os olhos de Jabuti quase saltaram das órbitas de tanta admiração e inveja.

"Como Mosca, que é tão humilde, descobriu esse tesouro? Mosca sortudo! Ele pode estender suas asas pequenas e zumbir no ar sem que ninguém note o que faz nem aonde vai."– Era o que Jabuti estava pensando enquanto retornava aborrecido para casa.

Na noite seguinte ele retornou secretamente à casa de Mosca e mais uma vez seus olhos inquisitivos pararam na fenda da parede. A casa estava vazia, mas Mosca logo apareceu trazendo o mesmo saco, tão pesado quanto o outro. Isso demonstrava que também estava cheio de um tesouro igual ao anterior. Mosca empacotou o dinheiro e largou o saco em um canto perto da porta.

Quando todos pareciam adormecidos na casa, Jabuti, carregando uma pequena sacola, rastejou para dentro e se escondeu dentro do saco.Estava determinado a descobrir o segredo da riqueza de Mosca.

Cedo na manhã seguinte, Mosca colocou o saco nos ombros, não sem soltar um suspiro, pois parecia mais pesado que o normal. Mas estava ansioso para sair e não verificou.

Ele voou até certo ponto, e então desceu na praça do mercado de uma grande vila, onde tambores retumbavam ritmos de uma dança.

Moças dançavam. As demais pessoas assistiam e lançavam moedas aos percursionistas quando a dança era bonita. Se uma das moças dançava muito bem, sobre os percursionistas choviam moedas e caurins.

Escondido na grama atrás dos músicos, Mosca caía sobre as moedas e, sem ser notado, punha uma a uma dentro do saco. Apanhava uma grande quantidade, quando então a noite já estava próxima.

"Então é assim que consegue seu tesouro!" – pensou Jabuti, sacudindo-se de rir dentro do saco. Encheu sua pequena sacola de moedas. Depois permaneceu quieto e silencioso.

Por fim, Mosca pegou o saco e voou de volta para casa, gemendo com o peso que carregava. Chegou e arremessou o saco, reclamando com a esposa que nunca tinha percebido que era tão pesado. Enquanto conversava com ela, Jabuti saiu arrastando-se do saco com sua sacola e saiu imperceptível da casa.

Qual não foi o desgosto da esposa de Mosca ao descobrir poucas moedas no saco. Na verdade estava metade vazio.

Enquanto repreendia Mosca por sua preguiça, Jabuti apressava-se em seu caminho para casa levando uma sacola cheia de moedas. Sua família em breve se alegraria com uma festa que duraria até tarde da noite.

Depois disso, Jabuti voltou à casa de Mosca e tomou seu lugar outra vez no saco. A mesma coisa aconteceu. Choviam moedas nos músicos percursionistas, que Mosca pegava sem parar e juntava em seu saco. Jabuti escolhia as melhores moedas e colocava em sua própria sacola, deixando para Mosca muito pouco.

Mas dessa vez Mosca desconfiou, e quando sua esposa o repreendia por sua preguiça, ele disse:

– Acalme-se, mulher! Há algum mistério nisso. O saco estava de fato muito pesado, e agora está leve. Nosso dinheiro está sendo roubado.

Naquela noite, Mosca permanecia acordado, matutando para descobrir como seu dinheiro era roubado. Eis que de repente vê Jabuti aparecer silenciosamente na sala. Mosca manteve silêncio, fingiu dormir como os demais e ficou observando. Viu Jabuti entrar sorrateiro dentro do saco. Seus olhos agudos tinham visto o ladrão. Era o que buscava e isso lhe deu imenso prazer.

"Agora peguei esse ladrão!" – pensou, e adormeceu profundamente.

Na manhã seguinte, Mosca estava de ótimo humor enquanto se preparava para sair. Não reclamou do peso, e amarrou bem firme a boca do saco.

Os percursionistas estavam tocando como sempre. As moedas choviam como sempre. Mosca enchia o saco como sempre. Só não faria como sempre coleta o dia inteiro. Parou bem antes da hora costumeira, amarrou o saco e começou a zumbir em torno de um dos músicos até que conseguiu a atenção dele.

– É verdade – perguntou Mosca educadamente – que há algum tempo você tem perdido seu dinheiro e não pode achar o ladrão?

– É a pura verdade – replicou furiosamente o músico – e ai do ladrão quando eu o pegar.

— Talvez eu possa ajudá-lo.

O músico riu, mas Mosca apontou para o saco.

— Ali está o ladrão. Eu o peguei roubando suas moedas e o amarrei dentro do saco.

O músico segurou o saco e o sacudiu. Jabuti e as moedas roubadas retiniram com estrondo.

— Aha! pegamos o ladrão?— bradou o músico. — Vou atirá-lo dentro do rio. Eu o jogarei para os crocodilos.

— Não — replicou Mosca. — Os crocodilos podem se recusar a comer uma criatura tão miserável! Por que não faz um tambor dele?

— É uma boa ideia — disse o músico, com um riso cacarejante.

Ele colocou o saco diante dele e começou a bater com um pau. Jabuti logo pediu misericórdia, mas os outros músicos também vieram para ajudar a bater. Tanto bateram que a carapaça de Jabuti, antes lisa, ficou toda retalhada.

Por fim Mosca pegou o saco e voou alto. Na altura da casa de Jabuti, soltou a carga.

Nyanribo ouviu um forte estampido e correu para ver o que acontecia. Era o pobre Jabuti que tinha desabado bem em frente à porta: retalhado, mais morto que vivo.

— Ai, ai, ai! — gemia lamentoso.

Nyanribo o recolheu muito pesarosa de vê-lo levar sua curiosidade e inveja a esse desfecho triste.

Até os dias de hoje ele carrega a carapaça cheia dos retalhos que sofreu. Jabuti nunca disse a ninguém que seus retalhos são cicatrizes de um espancamento sofrido dentro do saco de Mosca, seu inimigo.

Mas nós sabemos.

Tunde

Era dia de feira em certa vila que ficava na orla da floresta. Um homem estranho muito vistoso passeava pelas ruas observando os artigos expostos nas tendas, mas nada comprava e não falava com ninguém.

Tunde era uma moça que vendia laranjas empilhadas em uma enorme cabaça. Ela ofereceu-lhe suas frutas. Ele lhe deu as costas e não disse nada.

Pouco depois ele entrou na floresta e não foi mais visto. Tunde ficou muito impressionada, só pensava no belo jovem e não conseguiu dormir à noite.

Na feira seguinte ele reapareceu e outra vez Tunde lhe ofereceu suas laranjas douradas. Como ficou triste quando ele lhe deu as costas e retornou em seguida para a floresta!

Uma terceira vez ele veio à vila. Novamente recusou as frutas de Tunde, mas fixou o olhar nela demoradamente, depois virou as costas e foi na direção da floresta. Ela sentiu tanto encanto e paixão que abandonou suas laranjas e o seguiu.

Ele viu que ela o seguia. Parou e perguntou:
– Por que está me seguindo?
– Porque amo você e desejo estar ao seu lado na floresta.
– Não pode me seguir! – bradou o estranho apressadamente. – Volte para sua vila e não pense mais em mim.
– Quero me casar com você – disse a pobre Tunde.
O estranho replicou:
– Volte e case com um jovem de sua própria aldeia. – E apressou-se em sair da vista dela.

A pobre menina o seguiu por um longo caminho, até ficar exausta. O belo rapaz voltou-se para ela silenciosamente com um olhar demorado. Tunde tomou as mãos dele e disse:
– Quem quer que seja, tenha pena de mim. Não posso deixá-lo. Seguirei você, e não tenho medo de ficar aqui como sua noiva, mesmo nesta floresta escura.

O estrangeiro suspirou fundo e a levou ao seu lado pelos caminhos longos da floresta verdejante e sombria. Pássaros estranhos e borboletas deslumbrantes passavam por eles e o aroma das flores enchia o ar.

Por fim o jovem parou uma vez mais e disse energicamente:
– Me deixe agora, sem demora, antes que seja muito tarde.
– Nunca! – exclamou Tunde chorando. Seguiram ainda juntos.

Logo depois pararam ao pé de uma grande árvore. Ali sobre a relva estava uma pele de leopardo.

– Ah! – lamentou o jovem. – Me ama ainda? Sou um leopardo, apenas uma vez por semana posso sair em forma de homem. Ah, Tunde, seu destino está selado!

Com essas palavras, ele entrou dentro da pele e transformou-se em um leopardo, curvou-se, rosnou ferozmente, preparando para saltar sobre a moça.

Tunde pôs asas nos pés e já voava pelas trilhas tão velozmente quanto podia em direção da aldeia.

O leopardo a seguiu lamentando:

> Fique comigo minha senhora,
> Junto de mim tem de ficar agora.
> Na floresta tem de perambular
> Nela o leopardo fez seu lar.

Tunde não deu ouvidos às palavras e correu mais rápido que nunca. Algumas vezes o leopardo quase a pegava, mas ela estava tão aterrorizada que sua corrida foi mais veloz que a do antílope. Por fim o caminho se alargou, as árvores ficaram mais afastadas e ela percebeu que estava perto da orla da floresta.

O Leopardo continuou a lamentar:

> Senhora, não vá embora daqui,
> Nesta floresta junto de mim fique.
> Foge do homem-leopardo se querer
> pode quem quis viver comigo aqui!

Tunde fez uma última tentativa de alcançar a aldeia. Ela corria tão velozmente que seus pés mal tocavam o chão. Mesmo o leopardo não conseguia correr como ela.

Ela sentiu uma enorme gratidão quando subitamente as cabanas e a praça do mercado de sua aldeia apareceram diante dela. Foi direto para a primeira cabana que encontrou sem jamais olhar para trás. O leopardo não a pôde seguir tão longe e arrastou-se rosnando de volta para dentro da floresta.

Desde então o homem-leopardo nunca mais foi visto naquela aldeia. Talvez o mesmo homem, com a mesma beleza, vagueie pela praça do mercado de outra aldeia, outras moças o sigam encantadas de sua beleza e olhar e não tenham a sorte de conseguir fugir como Tunde.

A árvore Iroko

A floresta está cheia de gigantes, vivendo com grande dignidade sobre o emaranhado das plantas rasteiras, insetos e samambaias onde cobras, répteis e todas as criaturas estranhas têm suas tocas e esconderijos.

De todas as árvores, nenhuma é mais compacta e emplumada como a Iroko. Durante o dia seus galhos estendidos oferecem uma sombra protetora contra o ataque do calor e dos raios ardentes do sol.

À noite uma luz estranha vai e vem, ora suspensa entre seus galhos baixos, ora no alto entre os ninhos dos pássaros aventureiros, ora suspensa ao redor da árvore.

Os homens tremem e correm quando veem essa luz. Sabem que por ali anda o Homem-Iroco, o espírito que habita na árvore. Ele vem à noite com sua lâmpada e esvoaça pela floresta.

****

Wabi, o andarilho, sentou sob uma pequena cabana de ramos que os seus ajudantes tinham feito para ele em uma clareira da floresta. Estava muito cansado depois de um longo dia de trabalho, e a noite estava extremamente quente. Wabi, que era conhecido entre seu povo como Ele-cujos-pés-pisaram-todo-lugar-do-mundo, na verdade estava de muito mau humor. Sentia-se muito contrariado porque a noite tinha caído rapidamente e tinha sobrado algumas horas de trabalho longe de sua casa.

– Sou um homem muito azarado! – resmungou Wabi, quando estava deitado na esteira que seus homens tinham estendido para ele na cabana, e adormeceu.

Lá fora os homens estavam lamentando e deplorando seu destino. O patrão, alegando que eram lentos, tinha batido neles duramente. Era, na verdade, um patrão severo e cruel. Durante a jornada seus ajudantes tinham passado muito sofrimento por causa de sua crueldade.

Wabi, entretanto, não dava nenhuma atenção a eles, e, na verdade, pretendia dar outra sova neles pela manhã. Estava furioso de ter de dormir na floresta quando estava a apenas umas poucas horas de casa.

Dormiu pouco tempo, e subitamente acordou no grande silêncio noturno da floresta. Não pôde deixar de pensar em fantasmas e leopardos ferozes e, para tranquilizar-se, foi dar uma olhada lá fora.

Qual não foi o seu susto ao descobrir que estava absolutamente sozinho! Seus homens, sentidos com as pancadas que receberam dele, tinham ido embora, deixando-o sozinho para encontrar o caminho de casa na manhã seguinte.

Em pânico, Wabi resolveu que não podia em nenhuma circunstância permanecer sozinho na floresta. Envolveu seus ombros trêmulos com o manto, pegou sua bengala e saiu a andar entre as árvores.

O caminho era áspero. Ele se emaranhava nos arbustos e tropeçava. Várias vezes caiu. Os bichos rastejantes se enrolavam em torno de seus pés como cobras. Tudo isso o aterrorizava, e o que mais desejava era sair da floresta. E prosseguia sempre e a floresta nunca chegava ao fim. Repentinamente, percebeu uma luz fraca entre as árvores, a pouca distância dele.

Wabi foi na direção da luz, pensando que devia estar perto de alguma aldeia. Qual não foi o seu desgosto ao descobrir que era uma pequena lâmpada levada por um ancião débil! Olhava perplexo e tímido para Wabi enquanto este se aproximava.

– Fora, crocodilo! – gritou Wabi com sua aspereza habitual. – O que o traz aqui nesta hora com sua luz estúpida? Maldito seja por ter me desviado do caminho!

– Posso servi-lo como guia – replicou o ancião brandamente. – Por que me cumprimenta com maldição e olhar raivoso?

– Eu prefiro antes um macaco cego como guia – retrucou com essas palavras hostis.

– Ah, pena! – disse o ancião, balançando a cabeça. – São palavras ásperas. Mas diga-me, de onde é? Quem é, e para onde vai? Está perdido ou está na floresta com algum grupo de viajantes?

– Antes de encontrar você, velho, minha única intenção era chegar em casa o mais rápido possível; mas trago comigo uma faca afiada e não descansarei até que minha faca faça você calar essa sua língua tagarela para sempre.

Ele fez um gesto para puxar a faca de seu cinto, mas instantaneamente o ancião e sua luz desapareceram. O andarilho foi deixado trêmulo na completa escuridão. Dos galhos de uma Iroko centenária, que retorcia seus galhos perto dele, parecia vir um murmúrio:

– Wabi, andarilho, seu destino está selado.

E todas as árvores em volta sussurravam: Selado! Selado!

Wabi riu com desprezo e continuou seu caminho. Mas por onde fosse, andava sempre em círculo. Muitos dias depois foi encontrado vagando ainda na floresta, o cabelo revolto, as roupas em trapos, nos lábios um sorriso estranho:

– Selado! Selado! Selado! – ele repetia.

Wabi, o andarilho, tinha ficado louco.

***

– Certamente, – murmurou Taiwo, o viajante – não posso mais ficar longe de casa! Mais de um mês que iniciei minha jornada, e não vejo nada diante de mim a não ser a floresta selvagem, densa, sombria. É uma felicidade enorme que nem o leopardo, nem o lobo, nem as cobras nem o macaco selvagem tenham me atacado, embora eu viaje sozinho e praticamente indefeso.

Enquanto assim falava, Taiwo não podia deixar de tremer. A noite estava caindo e ele se apressava. Ouvia em torno dele todos os sons misteriosos da floresta: o zumbido dos insetos, o rosnado do leopardo, o uivo dos lobos e o farfalhar das folhas.

Taiwo queria uma companhia. A escuridão e a solidão tornaram-se tão opressivas que, por fim, ele começou a cantar para sentir o conforto de pelo menos ouvir a própria voz.

De repente uma luz tremeluziu a pouca distância diante dele e novamente desapareceu. Taiwo manteve silêncio e ouviu.

"Sou muito tolo", pensou. "Aqui estou cantando, esquecido de que pode haver muitos inimigos espreitando na escuridão, prontos para me atacarem a qualquer momento com lanças ou flechas envenenadas. Preciso ter cautela."

Nesse momento a luz brilhou novamente, se aproximava cada vez mais.

Taiwo esperou com a faca pronta para atacar, mas logo viu que era um ancião que levava a luz, um homem curvado, andando com o auxílio de um bastão.

Guardou sua faca e adiantou-se para amparar o ancião que se aproximava.

– Ah, homem desventurado, – disse Taiwo – o que aconteceu para andar perdido na floresta nessa hora da noite? Deixe-me guiá-lo até a orla da floresta.

– Você mesmo parece necessitar de um guia – replicou o ancião amavelmente. – De onde você é?

– Sou Taiwo, o viajante, sou da cidade que fica às margens do grande rio ao Norte. Estou agora a caminho de minha casa, mas confesso que é difícil achar o caminho na escuridão, e estou completamente sozinho. A minha família espera por mim ansiosamente. Nesta sacola trago presentes da cidade grande para todos. Mas começo a duvidar de que os veja novamente.

– Você é gentil e bondoso – disse o ancião. – Vou guiá-lo.

Com sua luz conduziu Taiwo até a orla da floresta, que afinal de contas não estava longe. Quando a manhã chegou ambos estavam lado a lado à porta da casa de Taiwo.

– Meu benfeitor, – disse Taiwo calorosamente – o senhor me guiou no caminho e aqui estou. Nunca poderei retribuir a sua bondade. Peço-lhe para entrar em minha casa como meu hóspede pelo tempo que quiser ficar.

O ancião balançou a cabeça e sorriu.

– Ah, meu caro, preciso voltar para a floresta. Já amanheceu.

– Se precisa ir, aceite essa pequena recompensa – disse Taiwo, e ofereceu ao ancião todas as moedas que tinha consigo.

– Não – disse o ancião, com uma estranha expressão. – Sou eu quem vai lhe oferecer uma recompensa. Jovem, sou o espírito de Iroko, e por sua gentileza desta noite protegerei sempre sua casa.

Com essas palavras, ele colocou nas mãos de Taiwo a sua luz e desapareceu. Quando Taiwo a segurou, ela se transformou em uma peça de ouro de grande valor. Taiwo tornou-se um homem rico para toda vida.

Ele fica sempre diante da árvore Iroko, desejando expressar sua gratidão, mas nunca mais viu o ancião. Quando ele percebe um sinal de luz entre as árvores, acha que não é nada senão vagalumes que guiam os viajantes erroneamente para os pântanos.

As formigas e a serpente

As formigas estavam erguendo uma nova cidade. Trabalhavam pesado o dia todo ao sol ardente, construindo aposentos e ruas, túneis e entradas. Nenhuma pensou em descansar enquanto o trabalho não estivesse terminado.

Mas, ah que desdita! Exatamente quando o trabalho estava a um passo de terminar, uma enorme serpente veio da floresta e rastejou pela cidade das formigas. Arruinou e destruiu todo o trabalho das trabalhadoras diligentes.

O chefe das formigas trabalhadoras procurou a serpente e esbravejou:

– Oh, monstro! Oh, vilã! Como pôde destruir nosso trabalho? Você, que nunca criou nada belo ou útil! Tem de nos indenizar para repor os danos que nos causou com seu enorme e pesado corpo.

A serpente caiu na risada, e continuou a deslizar folgadamente pelo tronco de uma árvore.

– Se disser uma palavra mais, – esbravejou – voltarei e esmagarei todas vocês, como também o montículo que vocês chamam de cidade!

– Nós nos vingaremos! – prometeu as formigas, correndo daqui pra lá e recomeçando sua labuta.

A serpente enrolou-se em um galho descontraidamente, sem dar a mínima importância à ameaça.

Naquela noite as formigas convocaram todas as suas amigas e parentes que viviam num raio de muitos quilômetros em torno. Milhares e milhares de formigas, compondo um grande exército, marcharam na direção do lugar onde a grande serpente descansava adormecida sobre a relva.

Silenciosamente, animadamente e calmamente, as formigas avançavam sobre os obstáculos.

Subitamente caíram aos milhares sobre a serpente e começaram a devorá-la.

A serpente retorceu-se, estorceu-se, contorceu-se pra lá e pra cá e pediu por misericórdia. As formigas não ouviram seus apelos e, embora se encolhesse em espiral, a serpente não conseguiu se salvar.

A manhã chegou e lá marchavam as formigas de volta. Deixaram para trás nada além do esqueleto descorado da serpente.

Tudo isso demonstra como as criaturas mais fracas, se reunidas, podem derrotar um inimigo, ainda que mais forte e perigoso.

O jabuti salva o rei

—Oh, rei! – disse Jabuti – quantas orelhas tem Vossa Majestade?
– Duas – respondeu o rei.
– Então escute com ambas. Um grande exército está acampado fora da cidade. Temos abundância de comida, mas eles estão famintos e só esperam o momento de nos atacar.
O rei replicou:
– É verdade. Podem atacar a qualquer hora, e então o que acontecerá com nossa cidade? Só poderemos derrotá-los com uma armadilha. Já prometi dar minha filha ao homem que conceber o melhor plano de ataque.
– Bem, Majestade, – disse Jabuti confiantemente – não desejo casar-me como sua filha, porque estou muito satisfeito com Nyanribo, mas tenho um excelente plano para derrotar o inimigo. Tudo que peço é uma cesta pequena de provisões da despensa real.

– Isso é tudo? Não vai precisar de dinheiro e guerreiros?

– Por ora não – disse Jabuti cautelosamente.

Pouco depois ele deixou a cidade com uma pequena cesta de provisões. Seguiu em linha reta até alcançar um pântano, próximo do qual o inimigo esperava para atacar. O mensageiro e sentinela do inimigo era uma rã. Logo que percebeu alguém se aproximar, agarrou seu clarim. Jabuti lentamente surgiu trazendo sua cesta. A rã deu uma boa risada e largou o clarim.

– Ora, Jabuti! O que o traz aqui?

– Curiosidade – respondeu Jabuti de pronto. – Ouvi dizer que você é grande corredor e saltador. Não acredito nisso e decidi vir aqui perguntar.

– O relato de meus maravilhosos saltos alcançou somente os seus ouvidos? Você é lento, Jabuti, lento! Sou o maior saltador do mundo.

Jabuti olhou para a rã como quem não estava convencido disso.

– É surpreendente – ele disse. – Nunca achei em você nada notável, e você vem me dizer que é famoso...

– Famoso? – vociferou a rã furiosamente. – Esse exército me escolheu para sentinela e mensageiro porque sou incomumente hábil. Ninguém mais está apto para ocupar um posto tão importante. Tenho certeza de que me tornarei um chefe quando a guerra acabar.

– Pode ser – concordou o visitante ainda com ares de dúvida. – Mas, para ficar convencido disso, gostaria de ver a exibição de seus maravilhosos saltos.

– Oh, naturalmente! Eu lhe mostrarei. Posso com um salto atravessar facilmente esse pântano... se eu tentar. Mas não estou em minha melhor forma agora, porque estamos quase mortos de fome. Para dizer a verdade, vamos atacar a cidade amanhã, e então não haverá mais fome! Mesmo você, Jabuti, seria um guisado saboroso para um guerreiro faminto...

Dando uma risadinha marota de sua própria piada, a rã soltou um profundo suspiro e saltou na relva a uma boa distância.

– Viu? – a rã perguntou orgulhosamente.

– Não muito bem – replicou Jabuti, que estava ocupado em encher o clarim do mensageiro com bocados saborosos da comida que ele tinha trazido na cesta. – Não muito bem. Pule de novo!

A rã pulou aqui e ali. Voltou para Jabuti e disse:

– Você me viu? Você me viu?

– Sim, vi tudo que me fez vir aqui para ver e estou totalmente satisfeito – disse Jabuti apanhando a cesta vazia. Você é uma criatura maravilhosa. Não há dúvida de que será ou chefe ou rei algum dia!

– Naturalmente serei – disse a rã, enquanto Jabuti se afastava na sua lentidão costumeira.

Esbaforido diante do rei, Jabuti falou ofegante:

– Rápido! Arrumei tudo! Ordene aos seus guerreiros para atacar imediatamente. O inimigo está acampado atrás do pântano e não podemos perder a oportunidade de derrotá-lo.

O rei deu as ordens necessárias e todo o exército avançou rapidamente na direção do pântano.

A rã se alarmou quando viu os guerreiros avançarem, agarrou seu clarim para anunciar a aproximação do inimigo. Para seu assombro, bocados de comida desceram do clarim para sua boca. A cada vez que tentava tocar o clarim o mesmo acontecia. No fim a fome dominou a vontade e, enquanto a rã devorava a comida, o exército do rei avançou e surpreendeu o inimigo, conquistando uma vitória completa.

Os guerreiros retornaram triunfantes para a cidade e Jabuti tornou-se o grande herói do dia.

A rã comeu o conteúdo de seu clarim tão sofregamente, que estourou, e nenhum sinal dela foi achado, a não ser seu clarim.

A promessa de Oluronbi

Em certa aldeia não nascia nenhuma criança há quatorze anos. As mulheres tornaram-se estéreis. Com isso, não tinham nenhuma criança para cuidar. Os homens, que poderiam instruir seus filhos sobre os segredos da caça ou sobre os conhecimentos da floresta, assim como nas várias ocupações da aldeia, balançavam a cabeça com tristeza diante do silêncio letárgico que reinava onde a tagarelice e correria ruidosa infantis poderiam animar o ambiente com um rumor alegre e consolador.

Uma noite todos os homens da aldeia se reuniram em um bosque secreto e debateram a questão. Bada, o que tocava tambor, era o mais veemente de todos.

– Ah! – ele lamentou. – Estou ficando velho, e quem terei para continuar meu trabalho? Um estranho de outra aldeia virá aqui com seu tambor, tocará para a dança e zombará de nós.

– Ah, Ah! – suspiravam os demais.

– Há algum encantamento maléfico pairando sobre a aldeia – continuou Bada. – Ou talvez as mulheres da aldeia não sejam abençoadas pelos deuses. Vamos expulsá-las e mandá-las para a floresta.

Os demais gritaram contra essa medida severa, mas o gordo ourives, Alagbede, disse:

– Nossas mulheres devem ser muito perversas, pois os deuses não confiam nelas para criar filhos e trazer prosperidade à aldeia. Vamos expulsá-las.

No fim todos os homens concordaram com a sugestão, exceto Sani, o escultor em madeira, que amava sua jovem esposa, Oluronbi, devotamente.

Sani era um homem muito hábil. Ele criava tamboretes sustentados com figuras de dois elefantes lutando, formas de crocodilos, estranhos pássaros e animais da floresta, decorados com marcas de ferro em brasa. Eram tão reais que todos ficavam perplexos quando viam suas peças. Até o rei admirava e elogiava suas esculturas.

Desse modo, sendo um homem de importância na aldeia, Sani era ouvido com respeito pelos demais, embora muitos fossem mais velhos que ele.

– Concordo com você, amigo, que a situação é grave – ele declarou. – Ao mesmo tempo, sinto que está reservada uma boa ventura para nossa aldeia. Vamos então esperar mais um ano antes de expulsar nossas mulheres, e empenho minha palavra de que minha esposa, Oluronbi, a quem amo ternamente, será a primeira a ser expulsa.

Depois de muito debate, todos concordaram e a reunião encerrou-se.

Mas uma pessoa chegou à aldeia antes dos homens. Uma das mulheres, escondida entre os arbustos altos, tinha ouvido cada palavra dita. Ela correu como um antílope para contar às suas companheiras o que os homens tinham decidido.

Oh, que olhar doído cada mulher lançou uma para a outra quando ouviram o decreto cruel de seus maridos! Nenhuma sentiu mais tristeza que Oluronbi.

– Ah, sorte infeliz! Ah! – gritaram todas as mulheres. – Seremos expulsas para encontrar na floresta uma morte horrível na boca dos leopardos e dos lobos. Pobre de Oluronbi que será a primeira a ser expulsa.

Meses se passaram, e ainda o espírito das crianças recusava-se a visitar a aldeia. As mulheres lamentavam amargamente quando estavam sozinhas e esperavam com medo o terrível dia que se aproximava rapidamente.

Um dia, na hora em que os homens estavam na caça, Oluronbi convocou todas as mulheres.

– Vamos à floresta pedir a Iroko, a árvore mágica, que nos ajude – ela propôs.

A proposta foi bem recebida. "Como ninguém teve essa ideia antes?" – pensaram todas as mulheres. "Como podia ser que não tivessem pensado em buscar uma solução?"

Saíram todas, esperançosas, e seguiram para a floresta adentro, e só pararam quando encontraram a árvore mágica.

A mais determinada entre todas falou pelas demais. Pediu ao espírito da árvore para ajudá-las em sua necessidade.

Houve silêncio durante longo tempo. As mulheres esperavam mudas. Finalmente, veio da árvore uma voz profunda como um trovão.

– Minhas condolências, filhas! Há razão para lamentos e pesar... pesar... pesar... ainda que Iroko venha a ajudá-las. Retornem para casa e, se me trouxerem um sacrifício apropriado, filhos nascerão de cada uma de vocês.

A essas palavras, a mulheres choraram de alegria.

– Oh, grande Iroko! – bradou a esposa de Bada, o percursionista. – Sacrificarei uma ovelha.

– Eu, uma cabra – disse a esposa de Alagbede, o ourives.

– Eu, um leitão.

– Eu, dez galinhas – diziam uma após outra.

Oluronbi, que amava seu marido apaixonadamente, não vacilou em dizer:

– Iroko, eu lhe darei meu primeiro filho.

A felicidade renasceu na aldeia. Em cada cabana havia o grito alegre de uma criança. Os pais sorriam orgulhosamente.

Os mais orgulhosos de todos eram Sani e Oluronbi da filha que nasceu deles. Seu nome foi Layinka, que significa "A Honra-me-Rodeia". Quando o rei passou pela aldeia, ficou impressionado com a doçura da menina e decidiu que um dia ela seria a noiva de seu filho.

Quanto orgulho Oluronbi sentiu ao olhar para sua filha quando o rei ali esteve!

Foi nesse momento que a promessa a Iroko, completamente esquecida em sua felicidade, voltou à lembrança. Tremendo de medo, Oluronbi pegou a criança nos braços. Viu que não suportaria sacrificar sua doce menina à árvore mágica. Quem sabe, as oferendas depositadas aos pés da árvore pelas outras mulheres, ovelhas e cabras, frutas selecionadas e ornamentos de ouro, satisfizessem Iroko, pensou esperançosa. Mas por muito tempo teve medo de ficar diante da árvore mágica.

Sua filha Layinka crescia e tornava-se uma criança bela e amável. Pouco tempo bastou para Oluronbi esquecer completamente sua promessa.

Já sem temor, foi com outras mulheres à floresta como de costume. Um dia, andava sozinha pela floresta e passou despercebidamente perto da árvore mágica cantando:

Layinka, minha linda menina.
Tu és a alegria de sua mãe.

Anoiteceu e na aldeia nem sinal de Oluronbi. Todos ficaram alarmados, principalmente Sani, o escultor, que percorreu cabana por cabana tentando encontrar a esposa.

Sani não dormiu e logo que amanheceu correu para a floresta, onde, tinham dito, Oluronbi foi vista pela última vez. Aí, mais uma vez, sua busca não viu nenhuma recompensa. Ele sentou à sombra de Iroko por um momento para descansar. Um esvoaçar de asas nos galhos frondosos chamou sua atenção. Ali um pássaro marrom começou a cantar essas palavras estranhas:

Todas prometeram uma cabra, uma cabra prometeram!
Todas prometeram uma ovelha, uma ovelha prometeram!
Oluronbi prometeu sua filha, sua filha prometeu.

Filha tão doce como o óleo corado da palmeira!
Oluronbi aqui ela está
Encerrada nos galhos de Iroko.

Essa canção se repetiu várias vezes, e por fim Sani notou que o pequeno pássaro marrom não podia ser ninguém mais que Oluronbi!

Ele se levantou de um salto, mas o pássaro desapareceu.

Ao entardecer ele retornou pesarosamente para a aldeia. Contou o que tinha acontecido. As mulheres revelaram tudo, o pedido de ajuda a Iroko, as oferendas prometidas e especialmente a promessa de Oluronbi. Sani entendeu logo o sentido da canção. Ficou evidente que Iroko tinha surpreendido a infeliz mulher enquanto passava e a transformou num pássaro.

Sani ficou a noite toda sentado à porta de sua cabana, pensando em um modo de resgatar a esposa e reverter seu triste destino. Por fim teve uma ideia.

Tão logo amanheceu, ele escolheu uma peça de madeira perfeita, pegou suas ferramentas afiadas e começou a esculpir. Durante três dias ele esculpiu secretamente, e por fim ele completou a imagem de um bebê, tão semelhante à realidade, que à primeira vista uma criança real.

Ele vestiu a escultura do bebê com roupas azuis delicadas e colocou em seu pescoço uma corrente de ouro. Com esse objeto ele saiu para ir de novo à floresta.

Nos galhos de Iroko, o pássaro estava ainda cantando melancolicamente.

Sani depositou a escultura aos pés da árvore e falou:

– Iroko! Iroko! Tome a filha de Oluronbi! Tão corada como o óleo da palmeira, tão doce como o mamão! E que a pequena ave fique livre!

Os galhos de Iroko rangeram e se curvaram para apanhar a criança de madeira, que desapareceu entre sua folhagem espessa.

Diante de Sani, apareceu sua esposa em lágrimas.

– Ah, meu marido! – ela disse. – Eu preferia antes permanecer para sempre um pássaro a entregar nossa linda Layinka, destinada a casar-se com o filho do rei!

Sem dar nenhuma explicação, Sani a levou rapidamente da floresta, e quando alcançaram a entrada da cabana... ali estava a pequena Layinka, sorrindo e brincando alegremente com seus brinquedos de madeira.

Só então Sani explicou o estratagema que ele tinha criado para enganar Iroko, e aconselhou Oluronbi nunca mais fazer promessas a ninguém sem antes pedir seu conselho.

Layinka cresceu e tornou-se uma jovem doce e adorável. Chegado o tempo, casou-se com o príncipe e viveu feliz desde então, para alegria e satisfação de seus pais.

O leão ludibriado

−Oh, rei! – atirou Jabuti, certo dia – quantas orelhas tem Vossa Majestade?

– Tenho ainda duas, e pode ter certeza de que elas estão impacientes para ouvir o que você vai dizer – replicou o rei. Pois quando Jabuti o saudava dessa maneira, sempre tinha algo excitante para relatar.

– Ouvi dizer que nas fronteiras do grande deserto, ao norte do reino de Vossa Majestade, vive um leão, um monstro muito feroz que, não contente de ser o rei do deserto, deseja ser o rei da floresta também. Marcha agora na direção das aldeias e, protegido pela relva, devora todos que ele encontra.

O rei tremeu e os membros de sua corte lançaram olhares para todos os lados, como se estivessem com medo de que o leão pudesse vir sobre eles a qualquer momento.

– Não fale disso, chefe Jabuti! – repreendeu o rei apressadamente. – É uma coisa terrível, e tenho perdido muitas noites de sono. Mas o que há de se fazer? Esse leão não tem medo de nada. Seu rugido faz as árvores caírem, o elefante e o leopardo escondem-se quando ouvem o seu terrível rugido. Mesmo uma dezena de homens não pode capturar o rei do deserto. Suas patas poderosas derrubam qualquer um e ele devora todos, um depois do outro. A flecha que atiram desvia-se dele por alguma magia poderosa que ninguém consegue descobrir qual seja.

– Sim, disse Jabuti confiantemente. – Ouvi tudo isso e outras coisas mais, que não repetirei para não causar perturbação. Provocaria mais noites de insônia à Vossa Majestade. Sim, tenho ouvido; mas não tenho medo. É verdade que não sou muito forte, mas sou esperto. Com minha astúcia vou enganar essa besta terrível e libertar a floresta desse grande inimigo.

– Possa isso se realizar, ah, meu pequeno campeão! – exclamou o rei. – Com apenas um golpe de sua pata o leão pode quebrar a sua carapaça. Como poderá derrotar essa criatura?

Jabuti balançou a cabeça pra lá e pra cá e, com ar de grande astúcia, replicou:

– Há um provérbio que diz "pode-se entrar na casa, mas não no coração". Eu pretendo entrar em ambos.

– Você fala por enigmas, Jabuti. Que seja! Se retornar vivo, lhe darei um palácio para morar! – declarou o rei.

Logo em seguida, Jabuti partiu para sua longa jornada ao norte.

Viajou durante muitos dias, até que chegou a uma aldeia próxima à orla da floresta. Ali o povo do lugar lhe informou que o leão não estava longe e que esperavam para qualquer momento seu assalto à aldeia.

Vejo que cheguei no momento certo! – declarou Jabuti. – Fui enviado pelo rei e vou salvá-los dessa besta horrível.

– Ah, valente Jabuti! De que maneira espera derrotar o leão, se todos sabem que ele devora, um após outro, dez poderosos guerreiros que disparam suas flechas para matá-lo.

– Não trago flechas – replicou Jabuti modestamente. – Não tenho dúvida de que sou uma criatura fraca, mas eu o derrotarei pela astúcia.

Apesar das objeções, Jabuti foi atrás do leão, cujo nome era Kiniyun. Ele percorreu corajosamente a floresta na direção indicada pelos habitantes da aldeia. Por fim chegou à toca do leão, uma caverna escura cercada por vegetação e encravada entre plantas trepadeiras.

Kiniyun estava ausente. O certo é que estava matando pessoas em alguma aldeia. Jabuti entrou e esperou no canto mais escuro o retorno do leão.

Tarde da noite, já completamente escuro dentro da caverna, Kiniyun chegou. Jabuti percebeu que ele andava com passos surdos como se suspeitasse a presença de um estranho.

– Amigo, – disse Jabuti imediatamente – perdi meu caminho na floresta e entrei nesta caverna para me abrigar. Quem é você?

O leão começou a dar rugidos aterradores.

– Quem sou eu? Sou Kiniyun, rei do deserto e da floresta, e pretendo te devorar.

– Grande rei, – disse Jabuti com voz macia e soberba – devo ser um bocado insípido. Tenho certeza de que um tão grande monarca não necessita de banquete tão miserável.

– É claro que não! – disse Kiniyan. – Mas tomei como norma devorar todo mundo. Por que deveria fazer de você uma exceção que, a julgar pela sua voz e cheiro, é uma criatura das mais insignificantes?

– Ah! – disse Jabuti. – É exatamente por essa razão que você devia se abster de me devorar! Sou insignificante demais para derrotar você. Além disso, se você devorar todos que encontrar, se sentirá muito só, e acho que poderemos passar uma noite agradável juntos.

– Muito bem – concordou Kiniyun. – Podemos desfrutar de uma conversa, mas te aviso, comerei você do mesmo modo se tiver vontade.

– Vamos esperar que não! — sussurrou Jabuti veementemente, e avançou alguns passos.

Os dois animais sentaram lado a lado e começaram a conversar sobre a floresta. Jabuti contou ao leão histórias engraçadas sobre o covarde leopardo e o covarde lobo, sobre o covarde elefante e sobre a covarde girafa, até rolarem lágrimas dos olhos de Kiniyun, de tanto rir. Ria tanto que a caverna estremecia.

– Há, há, há... Como existem covardes na floresta! Já é tempo de vocês terem um rei verdadeiro como eu para reinar sobre todos.

– Ainda que não reste mais nem um de nós quando você terminar de comer! – observou Jabuti, e o leão caiu em outro acesso de risada.

– É verdade – continuou o hóspede – que você não tem medo de nada no mundo?

– Claro que não! E você tem medo?

– Sim, tenho! – admitiu Jabuti com sinceridade. – Confesso que não posso suportar a presença de um caranguejo e detesto a jiboia. Mas vamos acender um fogo. A noite está gelada... além disso, gostaria de vê-lo.

– Ah, não! – disse Kiniyun. – Eu não acenderei fogo aqui. É perigoso.

Entretanto, Jabuti não lhe deu sossego e insistiu em sua necessidade de fogo.

– Certamente, o rei da floresta e do deserto abrasador não tem medo de fogo! – ele disse zombeteiro.

O leão repetiu indignado que ele não tinha medo de nada. Por fim, concordou com o fogo, mas não dentro da caverna.

Ambos saíram, acenderam o fogo e sentaram perto. Mas Jabuti notou que o leão mantinha uma boa distância, olhava para as chamas desconfiadamente e vigiava o fogo com o canto dos olhos.

– Meu caro! Que noite fria temos! – disse Jabuti, fingindo tremer. – Nunca senti tanto frio no fim da estação chuvosa. Vou pôr mais alguma lenha no fogo.

– Não! – gritou o leão. – O fogo é perigoso. Já é suficiente o que temos. Não posso permitir que acrescente nem mais um tronco!

"Há! Há!" – pensou Jabuti consigo. "O leão tem medo de fogo!"

– Sim, você está certo – disse por fim. – O fogo é perigoso. Você já ouviu falar sobre o grande fogo que aconteceu cem anos atrás?

– Não! – disse Kiniyun, afastando-se trêmulo para mais longe. – Conte-me logo essa história, antes de eu te comer. Começo a ter fome de novo.

Jabuti se apressou em atender:

– Cem anos atrás, numa aldeia não muito distante daqui, deixaram um pouco de fogo aceso à noite quando todos estavam dormindo. De repente a relva pegou fogo, atingiu os arbustos, e em breve toda a floresta tornou-se uma massa de chamas. Todos morreram.

– Que história repulsiva! – esbravejou o leão, com a juba arrepiada e batendo os dentes de medo. – Mas, naturalmente, isso foi há cem anos, muito distante do tempo em que eu e você nascemos. Não acho que isso aconteça de novo.

Jabuti deu uma risadinha.

– Não acontecerá de novo? A floresta está em chamas neste exato minuto!

Kiniyun rugiu e deu um pulo no ar.

– Em chamas? Onde? Quando? Como? Por quê?

– Onde? – replicou Jabuti. – Na aldeia próxima, na direção do sul. Quando? Esta noite conforme vim a saber. Como? Pelo descuido da esposa de um chefe, que deixou uma jarra de óleo cair enquanto ela estava fazendo o jantar. Por quê? Porque a floresta é um lugar perigoso para viver.

O leão corria de lá para cá aterrorizado, girava sobre si e farejava procurando cheiro de fogo. Jabuti aproveitou a sua desorientação, agarrou rapidamente uma tora de fogo e jogou no mato ao lado da caverna. A relva seca começou a queimar e crepitar.

– Veja! Veja! – gritou Jabuti. – Não te falei que a floresta está toda em chamas?

O leão deu um rugido e fugiu correndo o mais rápido que pôde na direção do deserto. Jabuti apagou o fogo e seguiu para a aldeia. Entrou ali tocando um tambor com alarde para anunciar sua chegada festiva e vencedora. Todo o povo veio ver.

– Acenda um grande fogo no centro da aldeia – ele ordenou. – Não perca tempo em perguntar por quê. Contarei mais tarde.

Os habitantes obedeceram sem hesitação. Fizeram um grande fogo, de maneira que a noite logo ficou tão clara como o dia.

Nesse meio tempo Kiniyun parou de correr, pensando que afinal não deveria estar acontecendo um incêndio na floresta. "Talvez seja uma trapaça para me fazer fugir!" – ele pensou. Mas assim que se voltou, viu ao longe as chamas imensas que o povo da aldeia armou. O leão ficou completamente convencido e prosseguiu imediatamente direto para o deserto. Decidiu nunca mais voltar à floresta, mesmo quando sentisse muita fome.

O povo da aldeia ficou extremamente agradecido pelo que Jabuti tinha feito. Quando ele partiu, aconselhou ao povo acender fogo todas as noites do lado de fora da aldeia para espantar Kiniyun ou outro leão que pudesse se aproximar.

Depois de muitos dias caminhando, Jabuti chegou finalmente ao palácio do rei. Notícias chegam rápido, o rei já sabia tudo a respeito da derrota de Kiniyun e um palácio esplêndido já estava à espera de Jabuti, excelentemente provido de todo conforto e regalias. Nele Jabuti e sua esposa Nyanribo viveram felizes por muitos anos.

A cabra que causou uma guerra

Aina amava muito os animais.
Ela tinha uma casa pequena. Mas o jardim era enorme. Nele viviam muitos animas. Eram galinhas e patos, uma cabra e uma vaca, um pequeno leopardo e um cachorro, até mesmo lagartos e cobras.

De todos, era da cabra que ela gostava mais. Tratava-a com grande afeto e conversava com ela como se fosse um ser humano.

Certo dia um homem da cidade vizinha passou pela casa de Aina. Seu nome era Ayo. Estava com muita fome e não tinha dinheiro para comprar comida. Ele ouviu no jardim de Aina o som de galinhas cacarejando, cães latindo, leopardo rosnando, cabra balindo. Ficou tão perplexo, que escalou o muro e olhou dentro do jardim.

Viu os animais andando por todo lado e pareciam muito felizes. Se antes ele estava com muita fome, agora estava ávido.

– Pensar que essas galinhas gordas estão desperdiçadas no jardim! – disse Aio. Vou roubar uma e levar pra casa.

Então mudou de ideia e disse:

– Pensar que todo esse leite está desperdiçado aqui? Vou tirar leite da vaca e aliviar minha sede.

Mas quando viu a cabra, tão gorda e tão bem tratada, mudou de ideia outra vez e exclamou:

– Pensar que essa bela cabra está aqui balindo o dia todo! Tenho é de levá-la para minha casa!

Pulou o muro e entrou no jardim. Com uma corda laçou o pescoço da cabra e a tirou dali o mais rápido que pôde, levando-a pela estrada rumo a sua cidade. A cabra é que não se deixou levar tão facilmente. Começou logo a roer a corda e não demorou para escapar. O homem ficou com a corda na mão, muito frustrado por ter perdido seu jantar.

Quando Aina percebeu o sumiço da cabra, suspeitou imediatamente de Ayo, a quem ela viu espionando sobre o muro do jardim. Ela procurou o rei na mesma hora e lhe relatou que um homem da cidade vizinha tinha roubado sua cabra. O rei ficou furioso. Enviou seus melhores guerreiros para atacar a outra cidade e trazer de volta a cabra.

Os habitantes da cidade vizinha tinham também bons guerreiros. Escolheram os mais excelentes para enviar ao combate e a guerra começou.

Mas a cabra já tinha voltado e balia como antes no jardim de Aina. Quando essa nova chegou aos ouvidos do rei, imediatamente ele enviou ordem para cessar as hostilidades e retornarem todos para casa, o que prontamente fizeram.

O povo vizinho ficou furioso por ver sua cidade atacada sem razão. Em retaliação, vieram atacar o rei, e a guerra recomeçou.

Diante da situação, a cabra, que era muito mais inteligente que a maioria das cabras, achou que era melhor se afastar do jardim de Aina. Assim fez, e foi se ocultar na floresta.

Aina voltou ao rei e, chorando, disse:

Majestade, sou uma mulher pobre, e estou ainda sofrendo por causa da maldade do desonesto Ayo. Minha cabra de estimação foi novamente roubada, e quem mais poderia ter feito isso senão aquele malvado?

Dessa vez o rei ficou mais furioso e a guerra continuou mais feroz.

A guerra poderia ter ido longe se o povo da outra cidade não tivesse percebido a tamanha tolice que era lutar tão ferozmente por causa de uma cabra. Enviaram mensagem ao rei com a seguinte declaração:

> *Aina diz que sua cabra foi roubada por um homem de nossa cidade. Reuniremos todas as nossas cabras e, se Aina puder saber qual é a sua, ela será devolvida junto com uma grande quantia em dinheiro.*

Confiavam que Aina nunca seria capaz de descobrir sua cabra entre tantas iguais e teria de admitir que sua querida cabra não tinha sido roubada afinal.

Certamente teria sido o caso se a cabra, que ainda estava escondida na floresta, não tivesse ouvido a declaração. Sendo muito mais inteligente que as outras cabras, imediatamente saiu de seu esconderijo, foi para a cidade vizinha e, sem que ninguém notasse, se reuniu ao grande ajuntamento de cabras que o povo tinha organizado.

Aina veio escoltada pelo rei para reconhecer seu querido animal.

Nossa! A pobre mulher perdeu a esperança de achar a sua entre as dúzias e dúzias de cabras enfileiradas diante dela. Passeou diante de todas, uma vez, outra vez, sempre com grande tristeza. Todas pareciam exatamente iguais. Nem mesmo se preocupou em examiná-las.

Já o povo da cidade sorria e sussurrava: "A vitória é nossa! O rei terá de nos pagar uma grande soma pela guerra injusta feita contra nós."

A aclamação vitoriosa pouco durou. Uma cabra saiu do meio das outras e foi balindo ao encontro de Aina. Vendo aquilo, a boa Aina reconheceu seu querido bicho e enlaçou num abraço o pescoço da inteligente cabra.

Não podia mais haver dúvida de que a cabra tinha sido roubada. Aina voltou para casa triunfante com sua querida cabra e uma grande soma de dinheiro para consolá-la pelo que sofreu.

Enquanto iam pela estrada, passaram pela floresta. Ali Ayo, com medo de ser punido pelo roubo do animal, se escondeu. Quando a cabra passou, ele atirou:

– Animal detestável! Você me arruinou! Queria ter te estrangulado naquela noite com minha corda em vez de usá-la para levá-la comigo!

O inteligente animal, naturalmente, fingiu que não ouvia essas palavras!

O elefante e o rinoceronte

Jabuti não tinha nada pra fazer! Vagueou pela margem do rio, olhando ao acaso para ter alguma coisa com que passar o tempo. E não foi que acabou vendo o rinoceronte chapinhando na água ruidosamente! Parecia sentir-se muito refrescado e deliciado consigo mesmo.

– Bom dia! – cumprimentou Jabuti.

O rinoceronte não deu atenção nenhuma ao cumprimento.

– Criatura indelicada! – aborreceu-se o Jabuti enquanto prosseguia no seu passeio.

A pouca distância dali, o elefante descansava debaixo de uma árvore, folgadamente, despedaçando folhas com sua tromba.

– Bom dia! – cumprimentou o Jabuti esperançoso.

– Fora, tolo Jabuti! Entre já para dentro de sua concha e não se intrometa comigo! – esbravejou o elefante.

Jabuti afastou-se para mais longe. "Por que todos estavam tão ásperos naquele dia?" – perguntava para si. Passeou um pouco mais e retirou-se para dentro de sua concha para pensar numa maneira de pagar na mesma moeda, ao elefante e ao rinoceronte, pelo péssimo modo como o trataram.

Jabuti estava sempre pronto para trapacear e não demorou a surgir em sua cabeça uma boa ideia.

Ele encontrou um grande pedaço de corda e com ela nas mãos correu de volta para encontrar o elefante.

– Bom dia! – cumprimentou Jabuti. – Bom dia! Bom dia! Bom dia! Por que não me diz bom dia? Acho você muito mal-educado; acho também que é um fraco.

– Fraco? – vociferou o elefante. – Quem disse que sou fraco?

– O rinoceronte disse – replicou Jabuti de pronto. – Ele conta a todo mundo que você é fraco e que você não tem força na sua tromba.

– Que insulto! – disse o elefante que, indignado, socava o chão com suas patas enormes. – Eu posso arrancar árvores imensas pela raiz com minha tromba.

– Pode mesmo? — perguntou Jabuti. – Então pode facilmente provar sua força. Vou amarrar a ponta dessa corda em sua tromba e a outra ponta numa tora que vi flutuar no rio. Se conseguir puxar a tora, provará que é forte.

O elefante riu desse teste ridículo, e prontamente permitiu que Jabuti amarrasse a corda em sua tromba.

– Ao meu sinal, puxe na mesma hora – recomendou o malandro.

Feito isso, foi à margem do rio e chamou o rinoceronte, que pacificamente tirava uma soneca na água.

– Bom dia! Acorde e me escute! O elefante anda dizendo... Aha, você não está ouvindo!... Vou embora e contar para outros em vez de me ocupar com seu desinteresse.

O rinoceronte abriu os olhos, soltou uma grande baforada de água da boca, e disse:

– Bom dia, Jabuti! Como você é impaciente! O que o meu amigo elefante anda dizendo?

– Seu amigo? – riu o trapaceiro. – Seu amigo anda dizendo a todos que você é uma criatura preguiçosa, suja e fraca! Ele diz que seu chifre não tem força e que você não pode vencer nem mesmo uma rã.

– U-u-marra-rra-rã? – gaguejou o rinoceronte. – Que insulto! Quem é o elefante, afinal de contas, para esparramar por aí essas ofensas a meu respeito. Sou muito mais forte do que ele e posso não só vencer uma rã, como também derrubar árvores enormes... se eu quiser. Se eu quiser, digo assim porque é muito mais confortável deitar aqui na água, quente e acariciadora, e dormir a meu bel-prazer.

– É, mas enquanto você fica aí deitado curtindo sua boa vida, todos dizem que você é um fraco! Por que não mostra para eles como é forte? Está vendo essa corda? Eu amarrei a outra ponta numa árvore. Deixe que eu amarre a outra ponta em seu chifre. Se conseguir arrancar a árvore, ninguém poderá negar que você é forte.

O rinoceronte concordou. Jabuti amarrou a corda em seu chifre e disse:

– Ao meu sinal, puxe na mesma hora!

Jabuti deu o sinal para o elefante e para o rinoceronte. Ambos começaram a puxar a corda. Ambos ficaram perplexos com o grande peso que parecia haver na outra ponta. Puxaram, puxaram e nada. Jabuti ficou atrás de uma árvore rindo dos dois.

Os arrancos e puxões duraram o dia todo. A noite vinha e a escuridão estava às portas. O elefante parou de puxar e foi para a beira do rio beber água; o rinoceronte fez o mesmo e veio para as margens a fim de descansar.

Ali se encontraram, ambos furiosos um com o outro.

– O que está fazendo com uma corda amarrada em seu chifre? – perguntou o elefante.

– E o que você está fazendo com uma corda em volta da sua tromba? – perguntou o rinoceronte.

Perplexos, descobriram que tinham sido enganados e ficaram esmagados de vergonha.

– Onde está esse biltre do Jabuti? Vou esmagá-lo com os pés – o elefante disse ferozmente.

– E eu vou fazê-lo em pedaços com meu chifre – disse o rinoceronte furiosamente.

Foram atrás de Jabuti.

Não o encontraram. Mas você pode ter certeza de que ele não estava em lugar algum, e até essa mesma hora ele continua fora do caminho de seus perseguidores.

O abismo de Ajaye

Olofin era um rei muito corajoso e poderoso. Reinava sobre a Ilha Iddo, situada em uma laguna muito extensa e larga.

Jovem, forte e belo, Olofin procurou por toda parte uma moça condizente com sua posição para ser sua esposa. Mas, que falta de sorte! As princesas da vizinhança eram muito estúpidas tanto quanto eram feias. Por fim, chegou aos seus ouvidos que em um país remoto vivia um chefe, chamado Oluwo. Sua filha era belíssima. A notícia correu por toda parte, dizia que a princesa superava em inteligência, perspicácia e educação todas as outras mulheres. Quando soube disso, Olofin partiu imediatamente para ver com os próprios olhos a possuidora de tantos encantos.

Vestido com ricas roupas, servido por muitos escravos e levando presentes de grande valor, ele deixou a Ilha Iddo e viajou através de florestas e pântanos perigosos até chegar à cidade de seu destino, onde a notável princesa vivia.

Sua chegada, anunciada com o toque dos tambores, provocou grande excitação na cidade. Chefe Oluwo correu para encontrar o rei, escoltado por uma nata de grandes guerreiros, muitos deles verdadeiros gigantes com pelo menos 2,4 m de altura.

– Bem-vindo, rei Olofin! – disse Oluwo comovidamente. – A que devemos a honra de sua visita?

Olofin disse sem rodeios:

– Estou aqui para pedir a sua filha em casamento. Ouvi relatos veementes sobre sua beleza, sua inteligência, sua excelência. Durante três anos tenho procurado uma noiva assim, e estou regozijante de pensar que minha busca chegou ao fim.

Oluwo assegurou-lhe que tinha grande alegria em dar sua filha a um pretendente tão ilustre e o convidou para entrar no palácio. Ali, Olofin presenteou seu hóspede com os belos presentes que tinha trazido.

Passou chefe Oluwo a admirar os presentes recebidos, em especial uma lança maravilhosa com cabeça de ouro e haste de marfim; Olofin, alheio, admirava uma jovem de beleza deslumbrante que olhava para ele de trás de uma árvore no pátio. Tinha os cabelos longos, os olhos reluziam como as estrelas e os lábios rosados entreabertos mostravam dentes que eram como pérolas. Usava pulseiras de ouro puro em volta de seus pulsos e tornozelos delicados.

Rei Olofin sentiu um amor intenso pulsar em seu íntimo. Voou como uma flecha na direção da jovem, pegou suas mãos e caiu de joelhos diante dela.

– Minha princesa! – ele exclamou. – Há quanto tempo procuro por você! Como são inferiores os louvores e atributos que ouvi a seu respeito! Que a sua beleza possa ser conhecida em todo o mundo, pois é certamente a mais bela mulher que existe na Terra!

A jovem retirou as mãos e cobriu o rosto confusa.

– Ah, nobre rei! – ela replicou. – Aquela por quem procura está dentro do palácio. Sou Ajaye, a irmã mais nova.

Assim dizendo, ela desapareceu. O rei, desconcertado, retornou para seus companheiros, pensando que a princesa mais velha devia ser muito mais bela, uma vez que Ajaye, mais nova e desconhecida, era tão fascinante.

Ele expressou seus sentimentos para Oluwo, que replicou prontamente:

– Não tome conhecimento dessa moça; ela é um crocodilo. Minha filha mais velha é a única que deve amar. Vamos entrar. Ela virá à sua presença.

Entraram para os aposentos interiores do palácio. Ao rei Olofin foi concedido assento de honra e ali ele esperou com impaciência a entrada da bela princesa. O tempo passava e ela não se apresentava. Chefe Oluwo mandou chamá-la. Veio como resposta que ela se recusava positivamente a aparecer. Perturbado com esse comportamento inadequado, ele foi pessoalmente buscá-la. Ela ainda se recusou a se mostrar para aquele pretendente nobre, e só mais tarde, já ao anoitecer, ela foi conduzida ao salão.

Olofin deu um passo adiante, ansioso para apanhar o primeiro olhar da renomada princesa, mas o que ele viu o encheu de perplexidade e raiva.

A princesa avançou desajeitadamente, pois era tão gorda e disforme como um rinoceronte. Seu cabelo era ralo e suas feições eram repulsivas. Frustrado, Olofin não pôde descobrir na famosa princesa um único encanto.

Tremendo diante dela, disse Chefe Oluwo:

– Filha, veja o pretendente principesco que deseja levá-la como esposa para o seu país, deixando-nos desolados.

Por um momento o jovem rei ficou sem palavras, mas sabia que, se não falasse imediatamente, se comprometeria e seria obrigado a casar-se com uma criatura que lhe era repulsiva.

– Deve ter havido algum engano! – exclamou. – Essa não é a dama que descreveram para mim e não posso me casar com ela.

Ao ouvir essas palavras, a princesa levantou, enraivecida lançou em Olofin um olhar furioso enquanto pronunciava essas palavras venenosas:

– Você me despreza e me rejeita, tolo Olofin. Escolherá outra em meu lugar. Mas pelo poder do encanto que uso em volta do meu pescoço, aquela com quem se casará não terá cabeça!

Dizendo isso, ela correu da sala, mas não sem antes o rei ter percebido que ela usava, suspenso em uma corrente de ouro, um encantamento muito poderoso, por meio do qual ela forçava seu pai e todo o povo a obedecer a seus comandos e admirá-la.

Mas Olofin era um homem sem medo. Ele próprio usava um poderoso encanto, de maneira que riu à ameaça dela. Desculpou-se com Oluwo pelo que tinha acontecido e retornou para seu país muito triste. O povo ali tinha preparado as boas-vindas da noiva com grandes festividades. Ficaram frustrados quando ele retornou sozinho. Começaram a murmurar, diziam que o rei nunca acharia uma princesa de valor para sua esposa.

Por todo o tempo a memória da linda Ajaye permaneceu no pensamento do rei. Seu amor pela jovem tornou-se tão grande que ele sentiu que não podia viver sem ela. Resolveu então empreender uma vez mais a viagem perigosa ao país do chefe Oluwo para vê-la. Dessa vez levou consigo apenas um de seus conselheiros e doze escravos bem armados.

Depois de muitos contratempos, Rei Olofin e sua pequena comitiva chegaram à cidade de Oluwo. Ele ficou perplexo ao saber de sua chegada e correu para recebê-lo. O jovem rei prontamente declarou o motivo de sua visita.

– Em minha última visita – ele disse – vim com pompa e uma grande comitiva para pedir a mão de uma princesa renomada, mas dessa vez venho modestamente e sem ostentação pedir como minha noiva a jovenzinha que vi em seu pátio.

– Minha filha Ajaye! – exclamou Oluwo. – Ah, rei Olofin! Ela é uma criança, não tem nenhuma cultura; uma menina tola, sem valor para ser sua noiva.

– Pelo contrário, – disse Olofin firmemente – de todas as mulheres do mundo, ela é a única que escolhi para esposa. É tão linda quanto um leopardo jovem, tão graciosa quanto um antílope. Não posso viver sem ela.

– Esqueceu muito rápido a profecia daquela que você desprezou? – perguntou Chefe Oluwo, tremendo. – Não suporto pensar que Ajaye algum dia fique sem cabeça!

Mas Olofin não quis dar ouvidos a essas palavras e, para abreviar a história, ele partiu da cidade logo depois levando ao seu lado a bela Ajaye.

Foi com uma aclamação estrondosa que o povo da Ilha Iddo cumprimentou a jovem rainha, imediatamente amada por todos por sua beleza e doçura. Ela deu muitos filhos a Olofin para sua grande alegria, e muitos anos se passaram agradavelmente para todos.

Mas então aconteceu, depois de longo tempo, um inimigo poderoso do rei Olofin enviou guerreiros em canoas para a Ilha Iddo. Teriam certamente conquistado a ilha e matado todos não fosse Olofin usar um encanto que o protegia na batalha e o fazia sempre vitorioso.

O inimigo, percebendo que não podia vencer pela luta, resolveu usar de astúcia. Um espião foi enviado à Ilha Iddo, disfarçado de caçador, trazendo peles de leopardo e presas de elefante para vender. Com esse disfarce, se apresentou no palácio do rei Olofin. Retornou dia após dia até que, finalmente, em uma manhã viu a rainha Ajaye andando no pátio.

– Encantos mágicos! – anunciou confiantemente. – Tenho encantamentos feitos de pele de cobra e de dentes dos crocodilos. Tenho a pele de um leopardo jovem e as presas de um elefante de duzentos anos de idade!

Ajaye ficou curiosa para ver essas maravilhas e permitiu que o falso caçador exibisse suas prendas diante dela. Ele contou-lhe tantas histórias maravilhosas de suas aventuras na floresta, que ela ouviu fascinada durante muito tempo. Quando não havia ninguém por perto, o espião cochichava:

– Ah! Meus encantamentos não têm nenhum valor, comparados com aquele que protege a vida de seu marido, o rei Olofin!

Ajaye sorria prazerosa. Ela amava Olofin ternamente e tinha orgulho de seu sucesso na batalha.

– E ainda, – continuou o astuto espião – todos dizem que o rei guarda seu encantamento muito rigorosamente e nem mesmo a rainha o pode ver.

– É falso! – disse Ajaye prontamente. – O encantamento é um anel que ele usa na mão direita.

O falso caçador fingiu estar completamente perplexo com essa revelação, e disse:

– Pode ser. Mas é certo que o rei nunca deixa ninguém, nem mesmo a rainha, tocar o encantamento.

– Também é falso! – replicou a tola Ajaye. – O rei confia em mim e permite que eu pegue no anel sempre que desejo fazê-lo. Para provar, vou trazer o anel para mostrar-lhe se você voltar aqui amanhã nessa mesma hora.

O espião retirou-se muito contente com o seu sucesso. E naquela noite, enquanto Olofin dormia, Ajaye removeu cuidadosamente o anel de seu dedo e o escondeu em suas roupas. Na manhã seguinte mostrou triunfantemente a joia ao falso caçador.

Sem perder tempo, o espião arrebatou o anel das suas mãos e rapidamente fugiu. Notando que tinha sido enganada, Ajaye caiu desmaiada. Isso permitiu ao espião escapar do palácio e voltar para seus amigos.

Olofin encheu-se de terror quando descobriu que tinha perdido o anel. Naturalmente, nunca suspeitou de que tinha sido Ajaye que o tivesse roubado. A pobre rainha ficou tão dominada de vergonha e medo que não teve coragem de contar a verdade. Os escravos procuraram em vão por todo o palácio; não puderam achar nenhum sinal do anel.

No dia seguinte o inimigo veio logo com sua frota de canoas de guerra atacar a Ilha Iddo. O encantamento estava perdido e o rei já não obteve vitória. Ele próprio foi feito prisioneiro no mesmo dia, levado amarrado e indefeso em uma das canoas.

Ajaye passou uma triste noite. Lamentou desesperada e arrependida. Não ousou confessar a verdade nem mesmo a seus filhos, que em vão tentavam consolar a mãe.

Nesse meio tempo em Benin, a cidade dos inimigos, rei Olofin foi encerrado em uma fortaleza, sem entrada e cercada de altos muros, para morrer de fome. No fim do terceiro dia, a fortaleza foi aberta, e veio para fora Olofin tão forte como sempre. Seus inimigos ficaram atônitos.

O rei ordenou que o prisioneiro fosse trazido à sua presença. Olhando o orgulhoso e silencioso rei, ele exclamou:

– Olofin, vejo que o seu encantamento não está apenas no anel que usava em seu dedo. Ficou sem água e comida durante três dias e aparenta estar tão forte como antes! Sua esposa Ajaye confiou o segredo todo a meu espião!

Olofin permaneceu altivamente silencioso, mas seu coração estalou quando ouviu a traição de sua adorada Ajaye. Em todo o seu infortúnio, nunca deixou de pensar nela e acreditar que ela era a mais perfeita mulher do mundo.

Em silêncio ouviu o rei da cidade de Benin declarar que estava livre, que o enviaria de volta à Ilha Iddo em uma grande canoa, e em silêncio deixou a cidade. Contudo, seu coração queimava de dor.

Já em Iddo, imediatamente ordenou que decapitassem Ajaye.

Enquanto seu povo congratulava e festejava seu retorno, Olofin sofria a agonia de sua mais profunda dor. Então, desejando ouvir a verdade dos lábios de sua esposa antes que fosse executada sua sentença, correu ao palácio. Chegou muito tarde. Ajaye já tinha sido decapitada e seu lindo corpo jazia sem vida no chão. Tão grande tinha sido o amor entre eles, que enquanto a olhava pasmado e choroso, o corpo sem cabeça de Ajaye levantou-se do chão, dirigiu-se a ele e levantou as mãos suplicantes.

O rei imediatamente lembrou-se da profecia da irmã desprezada: "Aquela com quem se casar não terá cabeça!"

Tomando as mãos de Ajaye nas suas, ele a perdoou, arrependido de sua ordem impulsiva e irrefletida.

Longo tempo o corpo de Ajaye viveu no palácio. Circulava por toda parte como antes, até que certo dia um caçador veio ao portão do palácio com peles de animais que ele tinha abatido.

– Tenho uma pele de jiboia com dois mil anos de idade e outra de um elefante jovem! – anunciou o caçador, procurando compradores para suas mercadorias.

Um choro de lamento foi ouvido em toda a Ilha Iddo.

A infeliz rainha correu para o mar e ali desapareceu nas águas.

Rei Olofin, golpeado pela dor, viveu mais algum tempo, e também ele, desesperado com sua grande solidão, lançou-se ao mar no mesmo lugar, que até hoje leva o nome de "O Abismo de Ajaye".

Os dois mágicos

Em certa cidade havia dois mágicos, nada amigos entre si. O primeiro mágico era chamado Oke; o segundo, Ata.

Oke gastava seu tempo investigando os segredos dos animais e das aves da floresta; Ata, preparando em sua cabana encantamentos estranhos de ervas e flores. Vendia suas poções para proporcionar sucesso e felicidade àqueles que os compravam.

Aconteceu certo dia que o rei caiu doente de uma misteriosa enfermidade. Com a certeza de que estava à morte, procurou os dois mágicos e prometeu-lhes uma grande recompensa a qualquer deles que obtivesse sucesso em sua cura.

Os dois mágicos foram para casa. Ata começou a ferver ervas, esmagar pétalas e frutos silvestres na escuridão de sua cabana; Oke, que não conhecia nada sobre esse assunto, vagueou pela floresta desesperadamente, desejando encontrar algum meio de ganhar a recompensa prometida pelo rei.

 Levava consigo o seu papagaio, uma ave muito esperta que ele tinha apanhado na floresta ainda muito jovem. Ensinou-lhe a falar e entender as palavras. Enquanto ele andava entre as árvores, o papagaio ficava pousado em seu ombro.

 – Ah! – exclamou o mágico em voz alta. – De que maneira posso ter esperança de curar o rei? Não sei nada sobre ervas, ao passo que Ata está nesse mesmo instante preparando uma poção mágica que vai restaurar a boa saúde do rei.

 – Me envie! – disse o papagaio. – Me envie! Me envie!

 Essas palavras despertaram em Oke um raio de esperança e lá foi o papagaio à casa do rival como espião.

 Naquela noite, enquanto Ata fervia ervas no fogo, um papagaio acinzentado entrou pela porta e pousou em seu ombro. Ata ficou espantado. Por fim, acabou achando que o papagaio significava um bom presságio. Ficou contente e o alimentou com cereais.

 Na noite seguinte, Ata se surpreendeu com uma visita que nunca ali tinha posto os pés. Era Oke, que vinha inspecionar o trabalho de seu espião. Oke conversou muito agradavelmente e notou com satisfação que seu papagaio acompanhava Ata com seus olhos brilhantes e vivazes.

 – Que lindo papagaio o seu! – exclamou o astuto Oke.

 – Oh, – replicou Ata descuidadamente – não é meu. É um papagaio selvagem que veio da floresta e gosta tanto de mim que nunca me deixa.

– Deve ser uma ave muito afetuosa! – disse Oke, lançando grãos de cereais ao papagaio. – Achou a cura para a doença do rei?

– Não! – disse Ata prontamente. – Não creio que exista alguma cura e não estou preocupado com isso.

Nesse momento o papagaio, que estava escutando, gritou:

– Mágica! Mágica! Ervas e flores! Efo e raiz de macaco!

Ata levantou de um salto enraivecido. O papagaio tinha revelado o nome das duas ervas com as quais ele pretendia curar o rei.

– O quê! O papagaio fala? – gritou Oke com fingida perplexidade. – Quais foram as palavras que ele disse?

– Ele só fala tolices – replicou Ata, aliviado de que seu rival não tinha ouvido as palavras decisivas.

Logo que Oke deixou a casa, Ata começou a misturar as ervas. Pretendia ter a poção pronta logo cedo pela manhã.

Oke não esperou pela manhã! Foi direto naquela mesma noite ao palácio. Levado à presença do rei doente, curvou-se diante dele e disse:

– Majestade, descobri o remédio para sua doença. Se Vossa Majestade beber uma poção preparada com raiz de macaco e efo, garanto que ficará curado.

O rei ordenou que trouxessem as duas ervas imediatamente. O mágico cozinhou a mistura em fogo lento diante dos olhos de toda a corte e deu ao rei uma medida da mistura para beber.

O poder das ervas foi tal, que o rei ficou imediatamente curado. Saltou da cama na mesma hora e mostrou-se mais forte que nunca.

Na manhã seguinte, Ata se apresentou no palácio com vários frascos. Para sua consternação, recebeu do rei em pessoa a notícia de que estava curado.

– De que maneira o rei foi curado? – perguntou o pobre Ata.

– Com efo e raiz de macaco – foi a resposta.

Ata compreendeu que as palavras do papagaio tinham revelado seu segredo. Seu rival Oke tinha curado o rei muitas horas antes e tinha recebido a recompensa prometida.

Resolveu matar a ave. No caminho de casa mudou de ideia. Afinal, uma criatura tão vivaz podia ser útil em outra ocasião. Passou a tratá-lo com tamanho cuidado e carinho que o papagaio, antes pertencente a Oke, agora começou a considerar Ata seu mestre.

Algum tempo depois, o rei novamente enviou aos dois mágicos uma mensagem. Uma corrente de ouro que ele estimava muito tinha sido roubada do palácio por um enorme macaco e levada para a floresta.

Quem encontrasse sua corrente de ouro, contasse onde estava e como foi recuperada, mandou dizer o rei, darei a este uma recompensa que mesmo um homem rico não desprezaria!

– Aha, não será difícil para mim dessa vez – disse Oke, esfregando as mãos de contentamento. – Eu conheço todos os segredos dos animais.

– Será um mistério fácil de descobrir por intermédio de minha magia. – Disse Ata, embora se sentisse pouco confiante.

Ambos os mágicos apressaram-se: Oke para resolver o mistério no interior da floresta; Ata, para ficar em casa pensando como venceria seu rival sem conhecer nada sobre as criaturas da floresta.

– Sou um homem completamente sem sorte – ele disse a seu papagaio com tristeza. – Perdi a primeira recompensa por sua tagarelice, e agora minha própria ignorância me previne de que não vou ganhar a recompensa.

– Me envie! – replicou o papagaio. – Me envie! Me envie!

O mágico ficou de pé e dançou de alegria.

– Eu vencerei! Vou ganhar essa recompensa depois de tudo, e por fim você terá alguma serventia para mim, você, pássaro preguiçoso! Você me traiu para favorecer a Oke por seu poder de falar, e agora você tem de descobrir seu segredo para mim. Voe, meu querido pássaro, e fique atento a tudo que ouvir na casa de Oke.

Oke ficou muito contente quando o papagaio entrou em sua casa e pousou sobre seus ombros.

– Pássaro perverso! – disse divertidamente. – Quando eu enviei você para espionar o falso mágico Ata tempos atrás, não pensei que ia me deixar! Não imagina como estou feliz de vê-lo voltar e de saber que Ata nunca desconfiou de que eu sou o seu mestre! Há! Há! Há! Veja como eu o enganei bem.

Naquela noite Oke passou o tempo muito feliz ao lado de seu velho bicho, torrando amendoim e oferecendo ao papagaio os melhores grãos.

Na tarde seguinte, para sua perplexidade, Ata veio visitá-lo com a desculpa de que desejava saber o remédio para a mordida de certa serpente.

Oke, que sabia muito bem sobre animais, atendeu perfeitamente a sua necessidade, mas não deixou de sentir-se surpreso com a visita de seu rival depois da desavença passada entre eles.

Ata, por sua vez, fingiu não notar o papagaio, começou a falar sobre a recompensa oferecida pelo rei para reaver seu colar de ouro.

– Será você também – disse – quem ganhará essa recompensa, já que conhece tão bem a floresta. Você descobriu onde está a corrente de ouro que o macaco roubou do palácio?

– Não! – disse Oke apressadamente. – Como poderia saber? Não tenho nada a ver com esse mistério.

Mas ai do seu segredo! O papagaio tagarela veio de um canto da sala e, andando para os lados, gritou:

– Corrente! Corrente! Corrente! Pescoço do rei macaco! Pegue com armadilha! Pegue com armadilha!

Oke levou um grande susto. Estava quase para agarrar a ave e torcer seu pescoço, quando Ata, esfregando as mãos com uma secreta satisfação, disse:

– Que palavreado esse do papagaio? Ele fala por enigmas! Você entende o que ele diz?

– Não realmente! – replicou Oke, inclinando-se para trás aliviado. – Ele fala só bobagem, alguns guinchos que ele aprendeu dos macacos nas bananeiras! É a ave mais estúpida da floresta que já apareceu aqui.

Logo depois disso, Ata fez suas despedidas; Oke resolveu ir ao rei naquela mesma noite e contar-lhe o que descobriu.

Uma vez mais, ai do seu segredo! Deixando a casa de Oke, Ata correu ao palácio, tão rápido quanto lhe foi possível. Ali chegou completamente ofegante e pediu para ser levado à presença do rei.

– Oh, Majestade! – ele disse ainda ofegante, tão ansioso estava em seu desejo de que Oke não recebesse a recompensa – eu resolvi o mistério! A corrente não foi rompida nem enterrada. O rei dos macacos, que adora coisas brilhantes, usa a joia em seu pescoço! Eu vi o lampejo enquanto ele pulava de galho em galho no interior da floresta!

– São boas notícias – disse o rei. – Mas como podemos recuperar a corrente? O rei dos macacos é um monstro feroz e pode defender-se de ataques. Se pedir ajuda, toda a tribo dos macacos descerá e destroçará meus caçadores.

– Recuperar a corrente – replicou o mágico modestamente – é um problema simples agora que sabemos onde encontrá-la. Tudo que tem a fazer é ocultar uma armadilha no chão, colocar nela outra corrente de ouro. O rei dos macacos vai ver o brilho do ouro e não pensará em perigo, pulará de seu galho dentro da armadilha. Será então muito fácil para seus caçadores matá-lo e recuperar a sua joia.

O rei achou uma excelente ideia. Enviou caçadores imediatamente à floresta com uma armadilha para o rei dos macacos. Tudo aconteceu como Ata tinha previsto. Poucas horas depois os caçadores retornaram triunfantes com o corpo do monstruoso rei dos macacos usando ainda a corrente de ouro em seu pescoço. O rei retomou sua joia e alegrou-se.

Ata já ia longe levando sua recompensa. Imediatamente depois, o mágico Oke chegou ao palácio, requerendo ver o rei e sorrindo misteriosamente, como se ele conhecesse os pensamentos íntimos tanto dos homens quanto dos animais.

Qual não foi sua consternação ao ver o rei com a famosa corrente de ouro em volta do pescoço, e ouvir que seu rival, Ata, tinha ido embora com a recompensa.

– E como a corrente foi recuperada? – perguntou o infeliz mágico.

– Foi armada uma armadilha para o rei dos macacos – disse o rei.

Sua fúria ultrapassou os limites.

– Meu próprio papagaio revelou o segredo! — exclamou, correndo para casa furioso. Eu o achei muito esperto, alimentei-o com grãos até ele ficar tão rechonchudo como uma galinha, e ele me passou essa trapaça, me serviu com sua ingratidão! Garanto que vou torcer o seu pescoço logo que eu chegar em casa.

Mas o papagaio era muito mais inteligente do que supunha seu mestre. Ele foi embora para a floresta antes de Oke voltar para casa. Desde então nunca mais foi visto.

Tempos difíceis

– Tempos difíceis mesmo! – disse Jabuti com tristeza, quando sua esposa Nyanribo contou-lhe que não tinham absolutamente nada para o jantar.

– Nem mesmo um pouco de arroz? – perguntou Jabuti queixoso.

– Não – respondeu Nyanribo. – Nem uma migalha de cozido qualquer, nem um único grão de milho, nem um único ovo... e não há nada para o café da manhã. Ajapa, meu pobre marido, receio que em breve morreremos de fome!

– Não mesmo! – disse Jabuti animadamente. – Isso nunca acontecerá enquanto Jabuti tiver uma carapaça em suas costas. Encontrarei um meio de obter comida. Espere com paciência por mim, e todos estaremos bem.

Com essas palavras, ele saiu para ver se conseguia alguma coisa. Perto havia uma fazenda, e no pátio ele ouviu uma galinha cacarejando para informar a todos os demais de sua espécie que ela tinha posto um ovo.

Jabuti suspirou. Ele adorava ovos, e também Nyanribo, mas o fazendeiro e sua filha mantinham severa vigilância. Era impossível pegar um dos ovos sem que eles vissem.

Jabuti ficou de olho no galo. Tinha penas verde-escuras brilhantes, andava orgulhosamente para lá e para cá entre as galinhas cantando vez ou outra. Foi então que a filha do fazendeiro saiu, escolheu a ave mais jovem, mais rechonchuda e a levou para dentro de casa. Naturalmente ia ser assada para o jantar. As outras galinhas e o galo lamentaram a perda da companheira. Enquanto se queixavam, Jabuti esticou a cabeça e disse:

– Oh, coisa pior há de vir!

– Quem é você, e o que está dizendo? – replicou o galo arrogantemente.

– Sou aquele que é capaz de ver tudo que vai acontecer – disse Jabuti confiantemente – e choro só de pensar o que está próximo de acontecer a vocês.

O galo e as galinhas gritaram em torno de Jabuti, esvoaçando, bicando e cacarejando excitadamente.

– Diga o que nos acontecerá! O que vai acontecer?

– Veja, – começou Jabuti seriamente olhando para o galo – o que acontece se alguém vem ao pátio de noite ou de manhã cedo?

– Eu canto o mais ruidosamente que posso – disse o galo com orgulho – e o fazendeiro vem correndo com um facão para defender sua propriedade.

– Ah! – disse Jabuti sagazmente. – Penso da mesma forma. E o que acontece quando amanhece?

O galo estufou o peito. Estava com sua crista vermelha linda e as penas verde-escuras reluzentes ao sol.

— Ao amanhecer, – disse o galo solenemente – eu canto muito alto e continuo cantando até que todos acordem, a filha do fazendeiro saia, jogue grãos para nós e colha os ovos.

— Ah! – disse Jabuti novamente. – Penso da mesma forma!... Olha, amanhã de manhã você cantará pela última vez.

As penas do galo se eriçaram de medo.

— Ai, ai, ai! Como pode ser assim? Há pouco, a filha do fazendeiro levou minha esposa favorita para um destino que nos causa arrepio só de pensar, e agora você diz que eu terei o mesmo destino amanhã!

— Sim! – disse Jabuti. – Eu estive dentro da casa e ouvi a filha do fazendeiro dizer que a primeira vez que você cantar amanhã será para aviso de sua morte. Pretendem cozinhar você para o jantar.

— Oh! Oh! Oh! – gritou o galo. – Como é triste, terrivelmente triste! Que insulto me cozinhar, como se eu não fosse macio bastante para assar! O que posso fazer?

— Veja, – replicou Jabuti bondosamente – aconselharia você a não cantar amanhã. Assim a filha do fazendeiro não terá nenhum aviso, e você não será levado para a panela.

O galo agradeceu fervorosamente e declarou que não cantaria de modo algum. Jabuti foi embora rindo para si mesmo. Naquela noite teve um sono profundo.

Um pouco antes do amanhecer, ele saiu de casa com uma grande cesta e dirigiu-se para o pátio da fazenda. O galo o viu, mas estava com tanto medo da filha do fazendeiro que não ousou cantar.

Jabuti foi silencioso na direção dos ninhos, coletou os ovos, até que sua cesta não coubesse mais. Enquanto saía de volta para casa, dizia ao tolo galo:

– Obrigado! Seu silêncio pode não salvar você, mas certamente me salvará.

Ao amanhecer, o fazendeiro queria saber por que o galo não cantou como de costume. A filha foi colher os ovos e ficou perplexa ao ver que não havia nem um.

– Ai, ai, ai! – disse o fazendeiro. – Há algo errado com nossas aves. Talvez estejam com fome. Jogue uma quantidade maior de grãos para elas esta manhã, filha!

O galo ficou cheio de pavor quando viu a menina aproximar-se. Ela estendeu as mãos e ele tremeu. Entendeu que, apesar de não ter cantado, ia para a panela. Para seu espanto, não aconteceu o que esperava. O que veio de suas mãos foi uma chuva de grãos dourados. O galo sentiu tremendo alívio e cantou espalhafatosamente.

O galo cantou; as galinhas puseram ovos; galos e galinhas ganharam mais grãos que de costume; Jabuti e Nyanribo tiveram um grande banquete e ficaram muito felizes – naturalmente, Jabuti nunca mais se aproximou da fazenda outra vez.

Jabuti perde sua carapaça

Jabuti era um companheiro tão esbanjador, que gastar era algo completamente normal para ele. A paciência de Nyanribo era firme, não se queixava nem mesmo quando o dinheiro era escasso.

Certo dia Jabuti estava à porta, pensando como fazer para arrumar algum dinheiro, quando uma rata passou apressada com sete ratinhos, seus filhotes.

– Bom dia, cara rata! Como vai? – cumprimentou Jabuti.

– Oh, querido! – choramingou a rata. – Estou completamente perturbada! O que faremos? Os fazendeiros começaram a roçar o pasto e ficamos sem casa! Oh, meus pobres filhos! Oh, o que haveremos de fazer?

– Você achará outra casa – disse Jabuti, pensando que aí havia uma oportunidade de ganhar dinheiro. – Gostaria de ter minha casa?

– Essa grande mansão? Oh, querido meu, não! Tudo que precisamos é de uma cabana mais ou menos do tamanho de sua carapaça... A sua carapaça é perfeita para nós.

– Que boa piada! – exclamou Jabuti. – O que eu faria sem minha carapaça?

– Sua esposa tomaria conta de você – replicou a rata inocentemente. – Pagarei a você uma bolsa de caris por semana por sua carapaça, até que possamos ter nossa casa própria em um dos campos das fazendas.

Jabuti não resistiu à tentação de ganhar facilmente tanto dinheiro e concordou com o negócio. Alugou sua carapaça para a rata e seus filhotinhos.

Quando Nyanribo o viu sem a sua carapaça, gritou:

– Oh, como você está esquisito! Eu nunca teria me casado com você se soubesse que era assim uma criatura toda balofa e molenga! Que aparência terrível a sua!

– Você ficaria exatamente igual sem a sua carapaça – protestou indignado o marido. – Tomei essa nobre medida por você, e agora vejo sua ingratidão!

Desprovido de carapaça, a vida de Jabuti tornou-se miserável. Todos riam dele e para evitar a chacota ficava em casa o dia todo e só saía à noite. No fim da semana foi receber o pagamento prometido.

– Que bobagem é essa de promessa? – perguntou a rata, olhando desdenhosamente para Jabuti. – Tenho certeza de que posso fazer melhor uso do dinheiro do que você. Gastão como você é, não valeria nada em suas mãos.

– Se não me pagar, – disse Jabuti com tanta dignidade quanto lhe era possível – você vai ter de procurar outra casa.

– Nada disso! Estamos muito confortáveis aqui, e pretendemos ficar o tempo que quisermos! Agora, me dê licença, tenho ocupações.

Dito isso, deu as costas para Jabuti e continuou sua tarefa de fazer uma cama aconchegante de ramos secos para seus sete filhotes.

Em casa, Jabuti ficou lamentando sua triste sina com Nyanribo.

– Aqui estou sem minha carapaça, alvo da chacota de todos. Aquela rata perversa não me pagará uma única moeda! Sou um sujeito muito azarado!

O problema continuou semana após semana.

– Caia fora, coisa esquisita! Estou ocupada! – é o que a rata diria quando ele foi pedir outra vez o pagamento do aluguel.

Ou de outra vez:

– Caia fora, monstro horroroso! Não está vendo que minhas crianças estão dormindo?

Jabuti percebeu que nada senão uma boa trapaça persuadiria a rata a devolver-lhe sua carapaça.

No outro dia, decidido a reavê-la, aproximou-se o suficiente para se fazer ouvir pela rata e gritou alto para Nyanribo:

– Mulher, vamos para os campos. O milho está quase maduro!

– O quê? – gritou a rata, pondo sua cabeça para fora da carapaça de Jabuti. – O milho já está assim tão bom? Nesse caso, encontrarei uma bela casa nova no campo.

E deixou a carapaça.

Jabuti rapidamente tirou as sete crianças para fora. Ora, estavam já crescidas, gordas bastante e perfeitamente aptas a cuidar de si mesmas. Esvaziada a carapaça, retomou feliz a posse dela e suspirou agradecido.

A rata não demorou a voltar. E estava indignada, pois descobriu que o milho nem tinha altura suficiente para esconder um rato dos olhos agudos do fazendeiro. O pior foi ver seus filhotinhos desabrigados e constatar que a casa tinha escapado de suas mãos.

Jabuti não ia cedê-la de novo. A rata até que tentou reavê-la. Prometeu pagar dois sacos de caurins por semana.

– Vá e more num formigueiro! – disse Jabuti rudemente. – Sei que você não me pagará nunca coisa alguma. Existem muitas casas vazias por aí. A minha nunca mais ficará vazia!

A rata pegou seus sete filhos e foi embora à procura de outra casa.

Desde esse dia Jabuti nunca mais foi visto fora de sua carapaça.

Os macacos e o gorila

Os macacos e o gorila
Grão para comer,
Oh, que doce é a vida
Grão para comer,
Oh, que doce é a vida!

Cantava Jabuti alegremente enquanto ia pela floresta em um dia ensolarado e lindo, sentindo-se muito bem consigo mesmo e com o mundo em geral.

De repente parou de cantar e ficou paralisado. Diante dele estava o gorila, imenso, horroroso e peludo. Não havia criatura que não tivesse medo desse gigante. Jabuti também tinha. Seu coração começou a bater descompassadamente quando ele o viu ali tão perto dele.

– Bom dia! – disse o gorila, com uma voz ríspida e grave.

– Bom dia! – disse Jabuti nervosamente, pensando se recuava, se passava direto ou entre as pernas do gorila.

– Você parece muito feliz – disse o gorila.

— Estou! – replicou Jabuti mais tranquilo. – O dia está lindo e gosto de cantar quando estou em paz com o mundo. Eu sinto muito, sinto de verdade, se a minha voz perturbou você.

— Não, absolutamente! – disse o gorila. – Em primeiro lugar, a vida tem sido muito entediante desde que minha esposa foi morta por um caçador. Adicionado a isso eu sou levado à loucura pela tagarelice dos macacos. Essas criaturas desprezíveis parecem estar em todos os galhos e em todas as árvores. Não tenho paz. Pouco adianta me embrenhar mais fundo na floresta. Estão em toda parte. Gostaria de arrebentar a cabeça de todos eles, mas isso me custaria toda uma estação chuvosa, pois estão por aí aos milhares.

— Talvez, – Jabuti sugeriu timidamente – eu possa insinuar para eles que você deseja ter um pouco de silêncio de vez em quando.

— Insinuar? Você acha que aqueles macacos aceitariam uma sugestão qualquer?

— Talvez um presente os convencesse – sugeriu Jabuti.

— Ah! É uma boa ideia! – disse o gorila. – Podem aceitar, sim. Você pode dizer a eles que se ficarem na orla da floresta, eu darei para eles... Eu darei...

— Abacaxis! – disse Jabuti impacientemente.

— Ótimo! – concordou o rude gorila. – Vou dar para eles abacaxis, embora eu tenha de ir muito longe de minha residência para juntar tantos.

Jabuti se empenhou em procurar os macacos. Encontrou uma família inteira deles – tios e sobrinhos, bebês e avós. Faziam uma tremenda barulheira nas bananeiras.

Depois de chamá-los repetidamente, pararam com sua tagarelice e deram atenção a Jabuti.

– Acabei de ver o gorila... – começou Jabuti e não conseguiu terminar. Os macacos soltaram um grito de terror e fugiram.

Jabuti os seguiu pacientemente, até que os achou subindo nas árvores com grande alarde. Quando finalmente aquietaram-se para ouvi-lo, ele recomeçou:

– O gorila disse...

Com outros guinchos de medo e uma confusão de rabos e patas, os macacos o deixaram para trás.

– Como é cansativo! – murmurou Jabuti enquanto ia vagarosamente atrás deles. – Não podem nem ouvir falar do gorila!

Dessa vez, teve mais precaução e disse:

– Por favor, não fujam toda vez que tento lhes falar! Qual é o problema?

– O gorila! – disseram todos ao mesmo tempo.

– Por quê? O que há de errado com o gorila?

– Ugh! Temos medo dele. Ele fica de tocaia esperando o tempo todo para nos comer.

– Não nos deixa em paz em nenhum lugar! – acrescentou com muito mau humor um velho vovô entre os macacos. – A qualquer lugar que vamos, ele atravessa em nosso caminho e torna miserável nossa vida.

Aí está! Jabuti, ao ouvir isso, concebeu na mesma hora um plano muito vantajoso.

– Por que não enviam ao gorila um presente e peçam a ele muito educadamente para ocupar o lugar que lhe cabe na floresta? Tenho certeza de que ficará muito feliz em deixá-los em paz.

Os macacos ficaram muito excitados e falaram todos ao mesmo tempo.

– Ótimo! – disse Jabuti, fingindo que o burburinho deles significava que estavam de acordo com a proposta. – Sou um sujeito muito prestativo – continuou – e desejo muito ajudar vocês. Acho que o gorila adoraria receber bananas de presente! Perguntarei a ele agora mesmo.

Jabuti voltou animado para o gorila e contou-lhe que os macacos tinham concordado em manter silêncio metade do dia se ele lhes desse doze abacaxis grandes.

Sentindo-se muito satisfeito, o gorila fez seu caminho sinuoso entre os galhos para a beira da floresta e trouxe doze abacaxis escolhidos. Jabuti escondeu todos em um buraco ao pé de uma árvore e voltou para os macacos, que o esperavam com uma grande quantidade de perguntas.

Jabuti contou-lhes que tinha encontrado o gorila em um estado terrível de fúria, mas o inimigo tinha concordado em deixá-los em paz se eles lhe dessem doze cachos grandes de banana.

Num piscar de olhos, Jabuti se viu com um grande estoque de bananas e abacaxis. Como tinha uma boa reserva de provisões em casa nesse tempo, guardou também as bananas no mesmo esconderijo e foi embora cantando alegremente:

Frutas para comer,
Oh, que doce é a vida!
Frutas para comer,
Oh, que doce é a vida!

Talvez a história tivesse terminado assim, não fosse um dos macacos vadiar curioso entre as árvores no dia seguinte, passar pelo esconderijo de Jabuti e surpreender as frutas descuidadamente escondidas ali. Chamou os outros macacos para ver aquilo.

— Então nossas bananas estão aqui! — exclamou o velho vovô da turma. — E o que nossos abacaxis fazem aqui? Jabuti pregou uma peça em nós, tenho certeza.

Nesse mesmo momento ele viu o gorila balançando de galho em galho com seus potentes braços. Seu coração saltou e bateu descompassado...Tratou de tomar coragem e gritou:

— Nobre gorila! Poderoso gorila!

O gorila olhou muito enraivecido para ele.

— Fora! — ele rugiu. — Depois de aceitar meus abacaxis, vocês ainda vêm me atormentar! Vou devorar todos vocês...

— Oh, senhor! — disse o velho vovô com voz trêmula. — Seus abacaxis estão escondidos no pé dessa árvore, como também as bananas que enviamos a você de presente ontem!

O gorila ficou atônito e desceu de seu galho para olhar.

— Meus abacaxis! — ele disse raivoso. — Meus doze grandes abacaxis!

— E nossos doze cachos de bananas! — pipilaram os macacos em coro.

Depois de um curto debate de ideias, eles perceberam a grande trapaça de Jabuti.

— Podem perfeitamente levar os abacaxis que eu juntei pra vocês — disse o gorila com benevolência.

— E, naturalmente, não faz sentido perder essas lindas bananas, se você bondosamente aceitar nosso presente...

– Espere só até eu encontrar Jabuti! – rugiu o gorila, com a boca cheia de banana. – Vou arrebentar a sua carapaça!

Os macacos, com a boca cheia de abacaxi, replicaram:
– Vamos cortá-lo em pedaços depois que você quebrar sua carapaça!

Mas essa catástrofe nunca aconteceu. Jabuti estava o tempo todo na relva próxima escutando tudo que falavam. Quando se afastaram, ele se arrastou muito silenciosamente e foi para casa.

– Ah! Minhas deliciosas bananas! Ah! Meus deliciosos abacaxis! – ele gemeu.

Mas no fim ele ficou agradecido e muito contente. Não era por menos, tinha escapado de ter a carapaça arrebentada pelo gorila e o corpo despedaçado pelos macacos.

Quando tinha alcançado uma distância segura da floresta, desentocou sua cabeça atrevidamente e cantou:

Tolos bons de trapacear!
Oh, que doce é a vida!
Tolos bons de trapacear!
Oh, que doce é a vida!

Os lutadores

No país onde ocorreu essa história, lutar é um passatempo nacional, e em toda aldeia é comum ver meninos e jovens no frescor da noite atracarem-se vigorosamente para testar a força de seus músculos.

Certa vez espalhou-se o rumor de que em determinada aldeia havia um lutador que nunca conheceu derrota, um homem pequeno, mas muito poderoso. Sem dúvida, usava uma magia secreta que o protegia contra seus adversários.

A fama desse lutador correu, e chegou por fim aos ouvidos do rei, que, junto com seus súditos, ficaram apaixonadamente fascinados por esse campeão dos esportes.

– Qual é o nome desse homem? – perguntou ao mensageiro que o tinha informado sobre o invencível lutador.

– Seu nome, Majestade, é Lagbara.

– Então, quero ver Lagbara lutar e conferir se merece a fama que tem. Envie mensageiros com ordens de trazer com urgência esse homem à minha presença.

Mensageiros foram enviados às pressas à aldeia de Lagbara. Em dois dias trouxeram o lutador. O homem a quem eram atribuídas tantas maravilhas ali estava perante o rei e toda sua corte. A potência de seus músculos não causou tanta impressão quanto a extrema fealdade de suas feições.

"Nunca", pensou o rei consigo mesmo, "vi um homem tão repulsivo. Mesmo assim, pode ser verdade que ele seja um grande lutador. Vou testar seus poderes."

Os lutadores do rei foram chamados para lutar com ele. Lagbara derrotou um após outro. Quando o seu favorito foi levado pelos escravos, o rei teve de admitir que o homem feio era mesmo um oponente terrível. Mas o curioso era que a competição invariavelmente acabava em poucos minutos. Ao aproximar-se de Lagbara, todos os lutadores pareciam ficar paralisados e eram vencidos imediatamente.

O rei cumprimentou o estranho por sua força. Ninguém tinha vencido antes os lutadores do rei.

– Isso é apenas um brinquedo de criança, Senhor! – exclamou Lagbara. – Posso facilmente derrotar um gigante com altura de dois metros e meio.

– Vamos ver! – disse o rei. – Há um homem desse em minha Corte. É um guerreiro de renome. Se você derrotá-lo, lhe darei a recompensa que me pedir.

A Corte ficou em grande estado de excitação quando essa notícia foi anunciada. De longas distâncias e de toda parte o povo acorreu e uma grande multidão se ajuntou para ver a competição entre os lutadores: Lagbara, o estrangeiro; Ogunro, o guerreiro gigante.

O dia e hora do grande evento chegaram. Diante de uma grande assistência, Lagbara caminhou calmamente para a arena que tinha sido instalada em espaço aberto. De outro lado veio Ogunro, o gigante, dirigindo um olhar de desdém para seu oponente.

O sinal foi dado, e os dois encontraram-se no centro da arena. Mas quando ficaram face a face, Ogunro pareceu trespassado de terror. Ficou paralisado, e em poucos instantes caiu estirado no chão com o pescoço quebrado.

A multidão ficou em silêncio atônita, e então explodiu em tremenda gritaria:

— Vida longa a Lagbara! Salve o lutador invencível, vencedor de gigantes! Salve o rei dos campeões!

O rei, vestido com roupa púrpura e sentado sob um parassol branco, perguntou a Lagbara que prêmio queria por sua vitória.

O estrangeiro curvou-se até o chão, sorriu e, parecendo mais feio que nunca, replicou com um olhar faiscando de ferocidade:

— Senhor, quero a mão de sua filha mais nova, a linda princesa Lewa.

A jovem princesa, presente à competição com suas irmãs, deu um grito de terror. Mesmo o rei não pôde deixar de estremecer, tão repulsiva eram as feições do lutador.

— Na verdade, – disse o rei – você reclama um prêmio exagerado! Procuro há quatro anos um chefe de valor para marido da princesa Lewa! Contudo... eu fiz uma promessa e não posso mudar o seu pedido. Amanhã lhe darei minha resposta.

O lutador curvou-se e se retirou, a multidão se dispersou e o rei entrou com sua Corte no palácio. Aí a princesa se lançou aos pés do pai e declarou em lágrimas que preferia morrer a casar-se com um lutador banal de uma aldeia remota, que além do mais era um homem com feições absolutamente insuportáveis.

– Minha filha, – replicou o rei com tristeza – uma promessa real não pode ser rompida. Contudo, tentarei adiar o casamento, criando uma condição impossível de cumprir.

O rei retirou-se para seus aposentos. Pensou durante horas, mas não conseguiu achar uma maneira de adiar o casamento. Por fim teve uma ideia, que achou devia funcionar. Mandou mensagem a Lagbara dizendo que ele somente se casaria com a princesa quando vencesse os primeiros seis lutadores que se oferecessem para lutar com ele. Se, por acaso, Lagbara vencesse todas as disputas, poderia se casar com a princesa.

Depois que a proclamação foi anunciada pelo toque dos tambores e passou de boca em boca para todo o reino, o rei esfregou as mãos e voltou a sentir-se feliz.

"Naturalmente", ele disse para si, "depois de ver meu gigante Ogunro abatido por esse lutador repulsivo, nem um outro homem ousará desafiá-lo. Ele gastará a vida toda procurando em vão seis oponentes. Portanto, nunca se casará com minha filha."

O rei estava enganado.

A beleza da princesa Lewa era tanta, que não demorou muito para um jovem desafiar Lagbara na esperança de receber como prêmio a princesa como esposa. Ai, de suas esperanças! Ele encontrou o mesmo destino dos demais e foi carregado gemendo da arena.

– Faltam cinco para derrotar! – disse Lagbara triunfantemente, lançando um olhar de admiração para a bela princesa, que, de tão inquieta com o resultado da disputa, não pôde ficar ausente e foi ver a luta com suas irmãs.

Quando Lagbara fixou o olhar nela, Lewa percebeu neles um brilho perturbador, e, não suportando mais, desmaiou para consternação daqueles que estavam ao seu redor. Quando abriu os olhos, viu que estava deitada em seu quarto. Imediatamente explodiu em lágrimas.

Tudo que conseguia dizer era que o relampejo do olhar de Lagbara a tinha perfurado como uma lança afiada, e foi isso que a fez desmaiar de dor e terror.

– Irmã, – disse uma das princesas mais velhas – deve ser esse o segredo da invencibilidade de Lagbara. Logo que ele fixa o olhar em seus oponentes, eles se sentem dominados pela mesma emoção que você descreveu. Nesse instante ele domina seu adversário.

Era esse de fato o caso. Um mágico tinha introduzido nos olhos de Lagbara uma magia poderosa capaz de trespassar seus adversários e paralisá-los, de modo que era impossível derrotá-lo.

A princesa agora chorava mais do que nunca. Para Lewa ficou claro que, se mais cinco jovens fossem suficientemente corajosos para desafiá-lo, ela não escaparia da promessa de seu pai.

Uma segunda disputa acabou da mesma forma que a primeira. Na semana seguinte o mesmo sucedeu com a terceira e a quarta.

— Faltam dois para derrotar! – gritou Lagbara explodindo de alegria ao fim da quarta disputa e olhando para a noiva que o repudiava. Mas dessa vez ela manteve os olhos baixos, pois tinha medo de encontrar o terrível relampejo do seu olhar. Só esperava que não houvesse ninguém mais que fosse tolo o suficiente para desafiar seu pretendente.

No dia seguinte, entretanto, chegou ao palácio um chefe jovem e belo. Era um renomado lutador, apesar de sua origem nobre. Oloto, como se chamava, não titubeou em desafiar Lagbara.

Esse jovem sentou-se na penumbra e cobriu seu rosto com uma roupa bordada a ouro. Respondeu poucas perguntas. Da porta de seus aposentos, a princesa Lewa o viu entrar e o amou intensamente na mesma hora.

Ficou cheia de tristeza quando soube que o nobre tinha viajado uma longa distância com a intenção de desafiar Lagbara. Sabia que rapidamente seria vencido, talvez saísse da arena morto.

Ela enviou secretamente uma mensagem a Oloto, implorando que se retirasse da disputa e deixasse a cidade imediatamente. Mas o jovem chefe não enviou resposta.

O quinto combate foi anunciado. Uma aflição frenética se apossava de Lewa à medida que a hora da disputa se aproximava. Desejou acabar com sua vida antes que Oloto perdesse a sua por causa dela.

A arena foi montada. No grande pátio uma multidão se reuniu para ver a disputa. O rei ficou sentado sob o seu guarda-sol branco, atendido por escravos com abanadores para aliviar-lhe o calor. Olhava melancolicamente e aborrecido. A princesa Lewa ficou atrás com suas irmãs para não ver o combate. Tinha medo de olhar a luta e ao mesmo tempo sentia-se incapaz de afastar os olhos da arena.

Oloto foi levado para a beira da arena, lançou fora suas roupas bordadas a ouro e avançou corajosamente, gritando as palavras de seu desafio.

Do outro lado, Lagbara saltou diante dele, lançando-lhe um olhar mortal. Oloto o agarrou com um poderoso aperto e em poucos instantes o invencível Lagbara ficou estirado no chão gemendo indefeso.

Um grande grito de alegria elevou-se da multidão e os guerreiros do rei agitaram suas lanças para saudar o acontecimento. O rei deu um salto e gritou:

– Grande feito! Grande feito! Minha filha está salva.

A princesa Lewa deu um passo tímido adiante e acenou para o belo chefe. Para perplexidade de todos, Oloto não correspondeu ao aceno e permaneceu em silêncio no meio da arena. Então voltou-se girando lentamente em torno de si e disse com tristeza:

– Linda princesa, a quem nunca vi, onde está você?

– Estou aqui, nobre chefe! – disse Lewa suavemente.
– Por que não está me vendo?

Ai! – replicou Oloto. – Porque sou cego.

A princesa compreendeu por que o seu amado tinha vencido. O olhar maligno de Lagbara não exerceu efeito sobre ele. Pela primeira vez a força tinha decidido o combate.

Sorrindo, Lewa aproximou-se do jovem chefe e tomou suas mãos como sinal de que o recebia como noivo. Ambos voltaram-se para a multidão e acenaram. O povo aclamou novamente levantando vivas de alegria. O rei sorriu radiante e o casamento foi rapidamente celebrado com grande pompa e esplendor.

Por que Jabuti é calvo

Jabuti dormia pacificamente em sua casa durante as horas quentes do dia. Não suspeitava de maneira alguma que os animais estavam nesse momento fazendo uma conferência secreta debaixo da encopada árvore Iroko no interior da floresta.

O leopardo, que tinha convocado a assembleia, passou em lista os nomes dos habitantes da floresta e do pântano, como também os habitantes da costa marítima, para ter certeza de que não faltava ninguém.

– Todos estão aqui, exceto Ajapa, o jabuti, como devia naturalmente acontecer! – disse o leopardo com satisfação.

Um murmúrio de aprovação levantou-se da assembleia dos animais.

– Tenha a gentileza de agilizar os assuntos – silvou a píton. – Tenho de organizar uma expedição de caça esta tarde e a hora do descanso está passando rápido.

– Pressa descabida! Pressa descabida! – rugiu o leopardo repreensivamente. – É um assunto sério. Tenho recebido queixas da maioria de vocês a respeito das trapaças que Jabuti usa para enganá-los, algumas vezes maliciosamente, embora muito frequentemente por seu senso de humor mal aplicado, e está mais do que evidente que já lhe ensinaram a cuidar da própria vida.

Todos concordaram, exceto o pombo, que defendeu timidamente seu amigo; os demais calaram e pareciam muito ansiosos de fazer Jabuti pagar pelas trapaças que ele tinha usado para obter vantagens deles.

– Pelo menos, – defendeu o pombo – tratem Jabuti com gentileza. Não vou consentir com nenhum plano que lhe traga infelicidade.

– Nosso plano é simplesmente cobri-lo de zombaria para ver se o curamos de sua curiosidade indiscreta e da sua malandragem.

Os animais debateram a questão por longo tempo para achar um meio de curar os deslizes de Jabuti. Por fim ficou decidido que todos eles, em turnos, ficariam de guarda do lado de fora de uma cabana vazia. Jabuti, com certeza, pensaria que algum acontecimento estranho haveria ali ou algo de valor estaria escondido na cabana. Quando ele entrasse para bisbilhotar, o guarda daria um sinal para que todos os outros aparecessem subitamente e zombassem de Jabuti por sua curiosidade até que ele ficasse completamente envergonhado.

O pombo não viu nenhum dano nessa brincadeira branda e consentiu em ser o primeiro guarda a vigiar a cabana.

Quando Jabuti acordou do seu sono do meio-dia, saiu de casa para um passeio e descobriu seu amigo pombo parado à entrada de uma cabana.

– Boa tarde! – disse Jabuti educadamente.

– Boa tarde! – retornou o pombo, olhando tão misteriosamente quanto é possível.

Jabuti abriu a boca para perguntar o que seu amigo fazia do lado de fora da cabana, mas imediatamente retrocedeu pensando que isso era uma indelicadeza, já que o pombo não quis contar por sua própria vontade. Por isso, prosseguiu adiante em seu passeio e não foi bisbilhotar dentro da cabana como os animais esperavam que acontecesse.

Pouco depois o pombo foi substituído pelo lobo, que ficou ali sentado com a língua pendurada de sua boca e uma cara muito feroz. Finalmente Jabuti passou de volta em seu retorno para casa. Mas ele estava faminto e sentiu o cheiro do jantar. Além disso, o lobo parecia tão feroz que Jabuti achou melhor ir direto para casa.

Lobo foi substituído pelo lagarto, um animal tolo, que ficou balançando a cabeça de um lado para outro. Jabuti resolveu sair de casa para ver se a noite estava bonita e se o pombo ou algum dos seus amigos estavam por perto.

Desconfiou quando viu outra sentinela à entrada da cabana. Ele se aproximou do lagarto e disse:

– O que faz você ficar aqui do lado de fora da cabana?

– Estou de guarda – disse o lagarto.

– Oh, então há um prisioneiro na cabana?

– Não, de jeito nenhum – replicou o tolo. – Não há ninguém na cabana.

– Então talvez um tesouro escondido na cabana?
– Não, – disse o lagarto – não há nada na cabana.
Jabuti começou a rir.
– É bem estranho, claro que há algo aqui! Vi o pombo e o lobo e agora você de guarda do lado de fora de uma cabana que está vazia! Qual o sentido desse mistério?
– Ah! – disse Lagarto com sua esperteza – planejamos uma armadilha para pegar certo alguém na cabana.
– Meu caro! – retornou Jabuti. – Pelo menos não me pegarão!
Disse isso, e seguiu direto para casa a fim de dormir.
Os animais se reuniram durante a noite e foram forçados a admitir que o plano tinha fracassado, mas o leopardo já tinha em mente outro melhor.
– Do lado oposto da casa de Jabuti – ele explicou – existe uma cabana vazia com uma janela ampla. Eu entrarei despercebidamente e ali ficarei em silêncio. Um por vez vem à janela e recita um verso que nós criaremos; cada vez que o verso for recitado eu jogo para fora um objeto sem valor enrolado em uma folha grande. Jabuti, na esperança de receber um presente do sujeito que está dentro da casa, ficará debaixo da janela e recitará o verso como os demais. Mas em vez de presente, jogarei nele um jarro de água fria. Isso vai curar a sua curiosidade para sempre.
Todos riram alegres com o plano, mas o esquilo tinha um grande rancor de Jabuti e pediu ansiosamente para ser aquele que ficaria dentro da casa.
– Se está tão ansioso para despejar água fria na cabeça de Jabuti, – disse Leopardo generosamente – não me importo de lhe conceder o meu lugar. Todos concordam?

Todos os animais concordaram. Na sequência passaram a compor o verso que seria recitado debaixo da janela.

Jabuti estava em sua casa ronronando feliz quando uma voz do lado de fora começou a cantar.

Se tem um tesouro contigo,
Jogue ao amigo que está aqui!

Jabuti não perdeu tempo em ir até a porta. Pôde ver um pacote de aparência sugestiva cair da janela da casa defronte. O lobo, que estava debaixo dela, pegou o pacote e correu para a floresta.

– Os animais ficaram todos loucos! — disse Jabuti. – Isso é um grande incômodo. Amanhã vou pregar um cartaz naquela casa com a mensagem "Silêncio, por favor". Talvez aprendam a não me perturbarem quando eu estiver dormindo!

Estava quase dormindo novamente, quando outra voz cantou:

Você que guarda o tesouro aí,
Jogue-me, o amigo está aqui!

"Quase as mesmas palavras de antes!" – pensou Jabuti, dando uma olhadela para ver outro pacote caindo nas patas do leopardo, que correu depressa para a floresta.

Jabuti observou ainda algum tempo e viu o gorila chegar à janela, recitar os mesmo versos e receber também um pacote. Isso deixou Jabuti muito ansioso para saber quem estava dentro da casa e o que o misterioso pacote continha.

Quando o elefante também tinha ido levando seu pacote, Jabuti saiu furtivamente, ficou debaixo da janela e cantou com voz rangente:

Se tem um tesouro contigo,
Jogue ao amigo que está aqui!

Ai! O malvado esquilo tinha preparado não água fria, mas fervente, e despejou toda sobre a cabeça do infeliz Jabuti.

Ao ouvirem gritos de dor, os animais todos vieram da floresta. Encontraram sua vítima num estado deplorável. O esquilo fugiu correndo e desapareceu embrenhando-se no alto da árvore mais alta que encontrou.

– Ah! – disse pesaroso o leopardo. – Esse é o resultado de sua curiosidade!

– Minha curiosidade é espontânea – replicou o pobre Jabuti amargamente. – A minha desdita é o resultado da maldade, e vocês na verdade tramaram uma cilada cruel!

Os animais protestaram. Foi o esquilo que tinha alterado o plano deles para adaptá-lo ao seu propósito maldoso.

O crocodilo, que tinha um coração terno e derramava lágrimas espessas pelo chão, declarou:

– Na verdade, Jabuti, queríamos curar a sua curiosidade, mas como podíamos suspeitar que um desastre como esse fosse te apanhar?

Jabuti gemeu:

– Seu sentimento parece sincero, mas o que está feito está feito, e eu sempre me lembrarei disso toda vez que eu passar a mão em minha pobre cabeça.

É verdade. Depois disso, Jabuti ficou com a cabeça despelada para sempre e assim permanece até hoje. O esquilo, seu velho inimigo, continua fora de alcance nos galhos altos das árvores e o censura por sua curiosidade.

Sobre a autora

Vilma Maria é formada em literatura de língua portuguesa, inglesa e russa. Nascida em Minas Gerais e filha de contador de histórias, ouviu seu pai narrar ao pé do fogo longas histórias que se imprimiram em sua imaginação. Foi essa experiência infantil que a guiou para o estudo da literatura. A vida toda votada aos livros, dedica-se a editar, traduzir e escrever.

Como editora, cuidou da organização e edição de coletâneas de contos populares russos, húngaros, chineses, ingleses, noruegueses, entre outras obras. Selecionou e organizou: *Contos de Natal* (Landy, 2005); *O Guardador de rebanhos e outros poemas: Poesia completa de Alberto Caeiro. Fernando Pessoa. Apêndice da organizadora* (Landy, 2006) e em parceria com Helena M. Uehara: *Na Boca do Povo* (Seleção, adaptação e organização de lendas e fábulas, além de outras manifestações da tradição popular brasileira, Ideia Escrita, 2008).

Como tradutora, publicou obras da tradição oral e mítica dos povos, entre as quais: *Contos de Fadas Indianos* e *Mais Contos de Fadas Celtas* (Landy, 2001 e 2002: Coletâneas organizadas por Joseph Jacob); *Mitos Universais* (Jean Lang). Apresentação, adaptação e notas da tradutora (Landy, 2002, 2003).

O Livro da Selva (Rudyard Kipling: Princípio, 1997; Landy, 2002); "Rikki-tikki-tavi". *O Livro da Selva* (Rudyard Kipling. Tradução cedida para a Editora Nova Fronteira para compor obra intitulada *Os Melhores Contos Fantásticos*, 2006);

Como escritora, dedica-se a recriar histórias tradicionais e a escrever as próprias histórias: contos, literatura infantil e juvenil, poesia e crônicas.

Publicou: *O Livro da Eterna Magia — Contos de magia e mistério da Irlanda; Contos de Aventura e Magia das Mil e uma Noites* (Princípio, 2007).

Impresso por :

Graphium
gráfica e editora

Tel.:11 2769-9056